体育教師 第一話

第一章

荒縄に四肢《しし》の自由を奪われた全裸の真樹は縛られたまま、三度の強制射精を強いられ、腹から胸板にかけ、己の汁で、ベトベトに汚していた。

埃の積もった床には、飛び散った汁の粒が、点々と黒いシミを作り、真樹の裸の背中や尻を、ドロドロにする。

「どうだよ、先生ッ。一週間分の汁、絞られて、スカッとしたかよ」

雄二は、そう言いながら、真樹の顔を、無造作に、埃まみれの素足で、踏みしだく。

「ウウッ！」

真樹は顔をしかめ、己の鼻面を潰《つぶ》してくる雄二の足をさけることも許されない。

よく日に焼けた浅黒い肉体は、しとどにかいた汁に、脂ぎった光沢を浮べ、肉に食い込んだ荒縄のそげ立った粗さがよく似合った。

真樹は、この春、体育大を卒業し、とある私立高に、体育教師として入職した。

男子ばかりの高校は、校舎そのものが、男臭い体臭をもっているかのようだった。

その中にあって、二十三才の若い肉体は、誰が見ても、健康そのもの。短く刈りあげた頭髪の剛《かた》い黒さ、濃い眉。笑うと急に幼くさえ見える顔、それらは、まさに男の中で育ってきた匂いを発散していた。

就職を機に引っ越した下宿は、大学時代の先輩の吉田の紹介のもの。小高い山の上と言うこともあって、用もない限り誰も来るはずもなく、荒れた一屋であったものを、安い金で借りている。吉田と言えば、この高校に就職できたのもその助力大であると後日、聞かされた。だから、どうも頭があがらない存在だ。

もともと体を動かすことが好きで、運動一筋に今日まできた真樹なのだ。

肉体一つが自慢でもある。

確かに、その肉体はイカした。

太い首の下にグッと左右に大きく張り出した厚い胸板。肩の肉は逞《たくま》しく、太い腕は、動かすほど筋肉が盛り上がる。

形よく浮き出た尻は、トレーナーの上からも、プリプリとした肉タブを感じさせ、ひきしまった腰とよく調和している。

ヘソ下から一直線に伸びた毛は、股間へと大きく広がり、その中央には、吉田が何度となく握り、揉みしごいた雄根が、ぶらさがっている。

ぶらさがるとは言え、吉田といる時に、それがぶらさがっていることは無かった。いつも、堅く勃起させせられていたのだ。

人気のない深夜のラグビー場で、土砂降りの雨の中、素っ裸にされた真樹が、吉田の手によって初めて男にさせられた大学一年のあの日以来、それは続いている。

裸の肌を叩く激しい雨の中、グランドの水浸しの泥海の中で、真樹は初めてキスをさせられた。

自分の肉体に絡みつく吉田の毛深い肉体のザラつき、有無を言わさず、両腕を押さえつけられた真樹の顔に、吉田の顔が近付いた瞬間、真樹の唇は激しく吸われ、吉田の熱い舌が、強引に押し入ってきたのだ。

眼を開いていられぬ程の雨の痛さが、その瞬間、全身のカッと燃えるようないなきに忘れられた。

唇をむさぼりながら、二人の肉体は、ゴロゴロとグラウンドを転げまわり、吉田の堅い勃起が、真樹の腹に、股間に、グリグリと押しつけられたのだ。


それ以来、四年の月日、真樹と吉田の関係は続いている。

そして、就職。引っ越し祝いをしてやるとの吉田を待つ真樹の前に現われたのは、しかし吉田一人ではなかった。

二人の高校生が吉田と共に現われたのだ。

「こいつが雄二、こいつが忠之!」

紙包みを持った二人の高校生は、吉田が受け持つラグビー部の部員だと言う。

新学期の始まる五日前のことだ。

第二章

「これが、俺の後輩、黒川真樹！」

吉田は、真樹の肩をポンと叩きながら言う。

「黒川っす」

真樹は、軽く会釈をすると、二人も又、ペコリと頭を下げる。

初めは、ぎこちなかったが、夕食を終える頃には、四人ともかなりうちとけ、部屋の中で、先輩後輩が座を組んでいるような雰囲気さえ生まれてきた。

四人ともトレーナーを着ているせいかも知れない。

「先輩！　いい肉体していますね！」

雄二が言う。

先生と呼ぶより、先輩と呼ぶ方が合うような年齢差しかないせいか、それも不自然とは誰も思わない。

「おい、真樹！　誉める手合いじゃないが、よほど気に入ったとみえる」

吉田が言う。

「そんなことないですよ」

と言いながら、雄二の眼は、真樹の肉体をなめまわすように熱かった。

「いい肉体していますよ、先輩！　なっ！」

雄二のかたわらの忠之も賛同する。

二人とも高校生にしては、肉体もできていて、こうしてトレーナーなんぞを着ていると、やがては、雄として一丁前になるだろうと思わせる体つきをしている。

「トレーナー越しじゃあ、どれほどの肉体かわからねぇさ、真樹、脱いで、二人に見せてやれよ。二人とも、お前の肉体に興味があるようだぜ」

吉田が言う。

「いいっすよ！」

気軽に応じる真樹は、無造作に、トレーナーを脱ぎ始める。

部屋では、練習前後に、裸で歩きまわるのに慣れていたためか、真樹には、何のてらいもない。

二人の眼の前に、ブリーフ一枚の裸体を晒《さら》した時、二人の眼の輝きは、まさに雄一匹を眼近にした、後輩のそれだった。

「スゲェ、先輩！　吉田先生の言うことならなんでも聞いちゃうんだ！」

忠之が言う。

「後輩だもんな。先輩の言うことは絶対服従、大学の四年間、みっちり肉体で覚えこまされたさ」

真樹は、そう言いながら、胸の筋肉を張り、腕の筋肉で力こぶを作ってみたりする。

「先輩！　ブリーフの両脇から、毛がモサモサとはみ出ているよ」

「気になるか？　仕方ないな。お前だって生えているんだろ？」

「まっ、そうだけど、それにしても、すっごいよ。ブリーフが、黒ずんで見えるもんな」

「どうだ、その中、見てみるか?」

吉田が言う。

「エッ?」

三人は、異口同音の声を放つ。

「なかなか、いいモンぶらさげてるんだ、こいつはな」

吉田は、ニヤリと笑う。

「でも……いいのかなあ」

と忠之。

「マズイっすよ。吉田先輩!」

と真樹。

「とことん、見たいな、いっそ全てを…」

とつぶやくのは雄二。

「おい! 脱いじまえよ。どうせ、野郎しかいないんだしな」

吉田が言う。

「マ、マズイっすよ!」

「おい、大学卒業して、ずい分生意気な口をきくようになったじゃないか、真樹よ」

「ウッ!」

「お前は俺の後輩だぜ。今さっき言ったばかりだろ。先輩の言うことは絶対服従だと…」

「まっ、マズイっすよっ、かんべんして下さいよ。先輩!」

冗談まじりの口調で、真樹は言う。ハッと気付けば、ブリーフ一丁の裸体でいるのは、真樹だけで、他の三人は服を着ている。それは、いささか異様な光景に思えてくるのだ。

「ねえ！　先生。こいつ、少しヤキ入れてやった方がいいんじゃない」

雄二の口調も、少しかわってきていた。

「まあ、あせるなよ、今、面白い見世物を見せてやるからな」

と吉田は、二人に言い、次に真樹にこう命ずるのだ。

「真樹、そこに寝転びな」

雄二と忠之は、手際よく食台を部屋の片側に寄せると、真樹の寝転ぶ空間を作る。

しかし、それでも尚、ためらう真樹に、吉田のビンタが飛ぶ。

「いつもやってることじゃねぇか。照れることはねぇよ。とっとと、大の字になりな」

真樹は、とんでもない状況に自分がおとし入れられたことを知った。

真樹は、吉田には頭があがらないのだ。しぶしぶでも、畳の上に大の字になるしかない。そのかたわらに、吉田がドカッと胡座《あぐら》をかいて坐る。

「お前らも、ここに来て、坐れ！　よく見えるようにな」

今や、大の字になって転がる真樹の周囲を三人の野郎がグルリととり囲み、じっと真樹の裸体を間近から凝視《ぎょうし》する。

吉田の手が、真樹の股間に伸びた時、雄二と忠之の口から声にならぬ声がもれた。

吉田の手は、真樹の股間の盛りあがりを、ブリーフごと鷲掴《わしづか》みにすると、露骨な動作でムリムリと揉みあげてくる。

「アッ！」

真樹は声をあげる。羞恥《しゅうち》に全身が、赤く紅潮する。

「見てろよ。初めは嫌々と言ってるが、次第に肉体が燃えてきて、どうしようもなくなってくるからな」

「はい！」

二人は、固唾《かたず》を飲んで、見つめる。その視線を、真樹は痛い程、感じた。

「あっ！　だんだん堅くなっていく」

「ウン！　もう形が、ハッキリわかるよ」

吉田は、尚も、真樹の股間を揉みあげる。若い肉体の反応は、すさまじかった。こらえても、こらえても、既に股間の疼《うず》きは制止がきかない。

いまや、真樹は完全におっ勃ってしまっていた。

「ナマを見てみるか？」

吉田の言葉に、二人は頷《うなず》く。眼は欲情に、ギラギラと輝いている。

吉田の手がブリーフの脇に突っ込まれる。真樹は、己の肉体に直に触れる吉田の野太い指を感じる。

きつめのブリーフの脇から、真樹の堅くなった雄根をほじくり出すのは、いささか、コツがいった。一度しゃがれた肉塊は、一気にズボッと脇からとび出る。

双玉も又、脇から抜き出され、真樹はブリーフを穿《は》いたまま、己の雄根をモロに、三人の視線の中へ曝《さら》け出させられたのだ。

ブリーフを穿いているだけに、それは、余計に卑猥《ひわい》な様であった。

「すっ、すげえ！」

「カチンカチンになってやがる」

雄二と忠之の声を聞くと、真樹は、恥ずかしさの中に一抹《いちまつ》の快感を覚える。

大学一年の時まで、それは自分一人の遊びのものだった。しかし、あの雨の夜のグラウンド以来、吉田の手によって、それは、とことん鍛えあげられ、見事に雄の開花を示していた。

根元から太い肉芯がズンとそびえ、青筋がコリコリと動くように絡みついている。先っぽの手前で、一度キュッとせばまり、剥《む》けきった皮が、キチキチとわだかまっている。そして先っぽは、大きくエラを張り、テラテラとした光沢を帯びて、鈴口を開けている。

その鈴口から、たえず先走りの露があふれ出し、糸を引いてすらいるではないか。

「俺、こんなの見るの初めてだぜ」

「触ってもいいですか、先生！」

忠之が言う。

「ああ、触ってみろ。コチンコチンになってるからな。熱いぞっ」

吉田が言う。

その瞬間、忠之の、おそるおそるの手が、真樹の雄茎を掴《つか》む。

「すっ、すげぇ！　ズキズキしてやがる」

「俺にも、触らせろよ」

雄二の上ずった声。

二人の指先が、真樹の雄茎をはさむ。

「どうだ、若い雄のイモの感触は……。いきがいいか？　遠慮せんで、もっとあからさまに握ってみろ！」

吉田の励ましに、二人の手は遠慮もなく、真樹の雄根を握り、揉んでくる。

「そんなにていねいに扱わなくていいんだぞ！　こいつは、いたぶられる程、燃える性なのさ」

と言うや、吉田の手は、真樹の雄根を、粗野に、荒っぽく、平手で叩く。

バシッバシッバシッ
その湿った音と共に、露が飛び散る。

「おい、お前らもやれ！」

吉田が言うと、二人の手が、真樹を叩き、つねり、爪を立て、潰してくる。

「ああっ、ああっ！」

真樹は、いやいやをするように頭をふるが、その肉体は、もっともっとと叫ぶがごとく、雄の臭いを濃くし、汗の粒を浮かべていく。

「そろそろ、一発、抜くか？」

「エッ！　抜くって！」

「ハハッ！　溜まっている汁を、絞り出してやるのさ。もだえまくるさまを見てやれよ」

吉田は、そう言うと真樹の雄根をグイと握り、せわしなく上下にこすりあげる。

「あっ、先輩！　ま、まずいっすよ」

真樹、あわてて起き上ろうとするのを、吉田の手が、その首を押さえつけてくる。

「何が、まずいんだ！　途中で止めて、こいつが泣かないのかよ！　ほらみろ！　こんなにおっ勃ってるじゃないか」

真樹はつのりくる快感に、身もだえし始める。こらえても、それは、股間からジワジワと全身にひろがっていく。

唇をかみ、真樹は耐える。耐えても、二十三の若さが、それを裏切る。引っ越しのあわただしさに、ここ数日、マスもかいていないのだ。

「声を出せ。いいんだろ！　肉体が正直に言ってるぜ。俺にこうされたくて、ウズウズしてやがったくせに……。ほら、いつものように声出して、もだえろよ。どうせ、山の中の一軒屋さ。俺が、この為に見つけておいたんだ。どんなに大声あげても、はばかることはないのさ」

真樹は、両手をギュッと握りしめ、足の指をひきつったように内側に曲げ、こらえる。こらえても、肉体はウネウネともだえ、口からは絶え間なく、声があえぎ出る。

初めは、小さな声であったが、既に、吉田のひとかき毎《ごと》に、うなるような声が、咆哮《ほうこう》のように、真樹の口をついた。

まさに雄一匹ののたくりまわる様に、雄二も忠之も、欲情していく。

二人はその手を、トレーナーの中に突っ込み、己のまだ成熟しきっていない青い雄芯をしごいては、真樹の肉体を見つめ続ける。

やがて、ひときわ、吉田の手が激しく、真樹をしごきあげた時、真樹は弓なりに肉体を反らし、雄のかたまりを示す。

「いっ、いぐっ！」

ビシッと破裂した鈴口から、白い塊りが、真樹の肩口をかすめ、畳の上へ飛ぶ。そして二弾三弾とたて続けに、汁は宙を飛び、真樹の汗みどろの胸板を、腹を汚した。

溶岩のように、溜まりに溜まっていた汁は、あとからあとから吹き出、青臭い、きつい臭いが、ムッとたちのぼる。

「やっ、やった！」

雄二と忠之が、同時に声をあげる。

荒い息を、ハーッハーッとつく、二十三才の若い雄の、荒々しくも激しい雄叫びは、十七才という彼らにとって、まさに将来の可能性を暗示していた。

「どうだ。面白かったか?」

吉田が言う。

「俺、こんなにド迫力あるマス、かいてみてぇや」

「俺も！　家でやると、周囲に気兼ねしちまうもんな、必死で声を殺してさ」

「ここを使えばいいさ。毎週土曜は、ここにきてやれ。気持ちいいぞ。大声あげて、汁を飛ばすのは……」

吉田と雄二と忠之の会話を、真樹は他人事のように聞いている。

「それに、こいつの肉体は、好きに使え」

「エッ！　いいんですか?」

「遠慮すんな。俺の後輩だ、存分にヤキを入れてやれ。但し、けじめはつけろ！　学校では、お前らは生徒だ。その分を守れ！　そのかわり、土曜日はお前らの奴隷なみに扱え。多少のことでは、こたえん肉体にしているからな」

その時から真樹の肉体は、彼らのものとなった。

その日、真樹が、さまざまなあさましい姿をさせられて、合計五発、雄を抜かれたのは、言うまでもない。

ケツの穴にねじり込まれて、温っかくなったきゅうりを、無理矢理食べさせられ、又、二人の雄根を、交互にくわえさせられ、その青臭く、濃い汁を飲み干させられ、とどめは、吉田の前に、尻を突き出し、雄二と忠之の凝視の中で、ケツをえぐり掘られる頃には、真樹の肉体は、この新しい状況を、喜んで迎えるようにすらなっていたのだ。

第二章

「スカッとしたかって、聞いてんだよ。おい、先生よぉ！」

雄二は、真樹の顔面を、思いっきり踏みしだき、真樹の答えを促《うなが》す。真樹の借りた家の一階の奥の八畳間、それは、この家で一番よい部屋であったが、そこは、吉田と雄二と忠之の為の部屋となった。

そこは、四人の性の狂宴《きょうえん》の為にのみ使われる。そう吉田が決めたのである。

だから、その部屋に、真樹の私物は一つもない。ひたすら、性宴に使われるもののみしか置かれていないのだ。

壁一面に貼られているのは、裸体の真樹の写真である。全身大に大きく引き伸ばしたのは忠之の父親が道楽で作った暗室でのもの。

見よう見まねで忠之が引き伸ばしたのだ。従って、露骨なものさえ、撮れるのだ。

雄根を剥き出しに、汁を飛ばし、それを舐めさせられている真樹の写真は、どこまでも卑猥で、生々しかった。

全身にロウをたらされ、ほとんどすき間もない程に、ロウで埋めつくされている写真の中で、真樹の口には、太いロウソクがくわえさせられている。

熱さに顔をしかめ、呻《うめ》く真樹の肉体。それは二週間前に撮られたものだ。

毎週土曜日には、雄二と忠之（そしてまれに吉田が加わることもあるが）の為に開かれ、日曜日には吉田のために開かれる以外、その部屋は真樹が勝手に使うことは許されない。だから、掃除すらされない部屋の床は、挨が積もっているのだ。

汁を吸ったサポーターが床に散乱し、それは、日が経つにつれ、ゴワゴワになり、きつく異臭を放っている。

真樹の汁を吸い、その中に幾度となく射精させられ、だが、一週間たてば、再び、それを穿《は》かせられるのである。

「たった三発で伸びやがって、だらしねえ奴だぜ」

忠之が言う。

十六・七才の若い性欲の塊りなのだ。かいてもかいても静まらぬ欲情の年頃なのだ。自然、真樹へのいたぶりも、股間に集中する。

真樹も又、人一倍鍛えあげた肉体に、どのような責めも、受けつけるのだ。

しかし、二人がかりの責めは、確かにきつかった。今日も朝から、これで三時間近くのいたぶりの連続なのだ。

朝九時前に、真樹は、例の部屋を開け、床に落ちているサポーターを穿く。それは、既に黄色く変色し、ゴワゴワに固まり、雄の形そのままに盛り上がっている。

全裸になって、それを穿けば、すえた雄の臭いが、体温にあたためられて、ムッと蒸れた臭気を立ちのぼらせる。

今日一日、真樹が身につけることを許されたものは、その汚れきったサポーター一丁なのだ。

その姿で、玄関のところに正座し、二人の来るのを待つ。そのサポーターの中の雄根は当然、勃起状態だ。月曜から金曜までのひたすらな禁欲が、その日解《と》き放たれるのだ。

九時、いつもの時間だ。

扉が開き、雄二と忠之が、この家の主人といった顔で入ってくる。

真樹は、二人の靴を脱がせることから、始めねばならない。

学校での二人とまるで違う二人が、そこにいるのだ。

「元気かどうか、見せてみな！」

忠之が言う。

「ウッス！」

それは後輩の礼だ。真樹は、その場で、サポーターを膝頭まで、一気にずり下げる。

ズンと飛び出た雄根は、カチンカチンに勃起している。腰を前に突き出し、頭の後ろで両腕を組み、二人の点検を受けるのだ。

雄二が双玉を手の平に乗せ、ポンポンとはずませながら言う。

「たっぷり溜めたかよ」

「ウッス！」

重さを確かめるように数度、双玉を弾ませると、雄二は、ギュッとそれを握り潰す。

「ウッッ！」

晒《さら》した腋下から脂汗がツッと伝う。

「溜めすぎて、夢精しなかったろうな」

忠之が言う。

「ウッス！　してません」

「若い肉体、もてあましてんだろ。夢精もできねえのかよ、こいつは…」

そう言いながら、平手で、真樹の雄根を、ビシッビシッと叩けば、もはや、真樹は先走りの露をしたたらせる。

部屋に入ると、二人の服を脱がせねばならない。二人も又、サポーター一丁になると、既に勃起している。その股間に顔をすりつけさせられる真樹。いつものことなのだ。

その日、真樹は、後ろ手に縛りあげられる。両足に巻かれたタオルは、縄にくくられ、天井から吊り下げられる。

床から十センチ程のところに頭が来、天地逆の吊るし責めだ。次第に血が頭に下ってくる。

その肉体を、忠之が平手で叩きながら言う。

「今日は、ちょっときついぜ」

「ウッ、ウッス！」

真樹の声が上ずる。穿いていたサポーターを吊り上げる前に脱がされている真樹は、素っ裸の肉体を、縄一本に預けているにすぎない。

吹き出た汗に、肉体がヌルヌルになっていく。それは、下へ下へと流れ伝い、肩口から首に、そして頭の先から、ポタポタと床に落ちる。

「何を入れる？」

「ロウソクか？」

「それはもうやったぜ」

「ならば、ナスか？」

「ああ」

真樹の顔の前にナスが置かれる。

「どうだ、ケツの穴に入れて欲しいか？」

「ウウッ！」

「返事しな」

真樹の尻たぶに、ビンタが炸裂《さくれつ》する。手形に赤く色をかえる尻の肉。

「ウッス！」

「ちゃんと言えよ」

「入れて欲しいっす」

「よし、入れてやる」

滑りをよくするために、真樹はナスを舐《な》めさせられる。それは苦しい作業だ。逆さに吊られている顔の前に、忠之がナスを突き出す。それを舌を伸ばして舐めるのだ。

その間、雄二は、真樹の両脚を、グイッと開き、秘口を晒《さら》す。天井を向いている尻の肉タブを両手で押し広げる。

もっさりと密生していた毛は、既に、すっかり剃りあげられているため、赤黒く色素を沈着させている秘口は、すぐにそれとわかるのだ。

その穴へ、雄二は口に溜めておいた唾を、タラタラとたらす。

「そろそろ、いいか?」

「ああ、穴をヒクつかせて、待ってやがるぜ、こいつ!」

忠之が、立ちあがる。雄二が押し広げて待つ秘口に、ナスの頭を宛がう。

「ウッ!」

その時、真樹の体が、堅くなる、だが、忠之は、情もかけず、グイグイとナスを、秘口に押しつけてくる。

「なにケツに力を入れてやがんだ。力を抜けよ。欲しくてしょうがねえくせしやがって」

雄二が怒鳴る。

ナスの丸い先端の力に、やがて、真樹の尻の反抗力も負け、グッと押す力に、ヌメッと口を開く。

一度開いたそれは、もはや抗《こう》しようもない。スッポリと秘口奥深くナスはぶちこまれ、ヘタのみが外に出ている。

真樹の全身からは、玉のような汗が吹き出、伝い落ちてやまない。

「嬉しいか?」

「ウッ、ウッス!」

雄二が、萎《な》えかけた真樹の雄根をさすりながら言う。

「嬉しいなら、ビンビンに勃てろよ」

真樹は、再び堅くなる。

「いい格好だぜ。露が糸引いて、胸板を濡らしているぜ。写真、撮っとけよ」

その夜、真樹の肉体は雄二のバンドによって鞭打たれたのは、言うまでもない。

肉体に絡みつくバンド、肉を打つ音、飛び散る汗、赤くシミとなって跡をつける鞭の筋が、真樹の厚い胸板を走る。

ナスは、ふんばる度に、少しずつ秘口からはみ出てくる。

「ウッ! 許して、くれ」

真樹は、たえられずに、そう呻《うめ》く。

「なにをだよ」

忠之にかわって、バンドが、真樹の尻に打ちすえられる。

バシッ! バシッ! バシッ!

萎えてくると、雄二がさすり、再び勃起すれば、ナスを入れ出しする。その間にバンドが宙を切って、肉を打つのだ。

逆さ吊りの苦しさに、真樹はついに、失神した。

第四章

気がつけば、真樹の肉体はテーブルの上にのせられている。テーブルと言っても、吉田がどこからか運び込んできた頑丈だけの、粗野《そや》な台にすぎない。

両腕は、高手小手に背後で縛りあげられているために、肉体の重みか両腕にかかる。ナスはあのまま、ケツの穴にねじりこまれているらしい。秘壁を圧迫する異物感は、今もある。生傷がまた増えたようだ。全身がヒリヒリと痛む。思えば、あの日以来、真樹の肉体から生傷の跡は消えることがないのだ。

忠之が、真樹の両膝に、荒縄をかけ、股間を大きくおっ広げる形に、左右に引き、テーブルの脚に結びつけ終えたところらしい。

尻は、ほとんどテーブルの端からつき出、又、肩から上も、宙につき出している格好だ。

「どうだよ、先生、気持ち良かったか」

雄二が、真樹の反り気味に盛りあがった厚い胸を撫でながら言う。

ヌルヌルになった胸板に、雄二の手は滑るようによく動く。

「どうなんだよ。おい、返事!」

真樹の乳首を、雄二は抓《つま》み、思いっきりひねりあげる。

「ウッ！　ウッス！」

今や、六才も年下の二人の前で、真樹は、教師としての体面も、年長者としての威厳《いげん》もなくならされている。

そこにあるのは、まさに雄一匹の、二人の性のなぐさみもの、いたぶりの対象としての肉体でしかなかった。

「落ちていきながらも、こいつだけは、堅く、おっ勃て続けていたぜ」

雄二は、笑いながら、真樹の雄根を揉む。確かに、そこは、今もなお、堅く勃起し、ズンと、肉の柱となっている。

「喉が乾いたろ」

忠之が、意味ありげな笑いを浮かべて言う。

「ウッス！」

「いつものように飲みてえか？」

「ウッス！」

忠之は、ニヤリと笑うと、真樹の頭の方にまわり、サポーターをずり下げる。

ピンと勃った忠之の雄根が、真樹の顔の前にとび出る。

そこは、すでに剥きあがり、一人前の雄の臭いをプンプンとさせている。

忠之は、真樹の胸板にまたがると、片手で真樹の短い髪を掴み、グイと己の股間の方へ折りまげる。そして、もう一方の手で、己の雄根をつかむと、二三度、それで、真樹の鼻面を叩いた。

これから更に濃くなっていくのである毛の繁みは、今は程良く、真樹の眼の前に、若いなめらかな肌の飾りとなって見える。

「口を開けな！」

真樹は、口を開ける。

「こぼさずに飲めよ」

忠之は、そう言うと、グッとその雄根を押し下げ、真樹の口の中へと突き入れる。

たちまち、真樹の口中一杯に、激しく、なまあたたかい黄水が渦巻いた。きつい濃縮ジュースだ。

真樹は、ゴクゴクと飲む。飲まねば、口からあふれ出てしまうだろう。

それは、若い雄特有の臭いと味がした。忠之は、笑いながら、真樹の口の中へ、ションベンを吹き出し続ける。

「うまいか？　よく味わって飲めよ」

その間、雄二はと言えば、黙って見ているはずもなく、真樹のおっ広げられた股間の方にまわり、鍛えあげられた逞しい太腿を撫でたり、ケツにぶち込んだナスを出し入れしたり、ズンと勃起した雄根の剥けあがった先っぽを、手の平で包むようにしてクリクリとこねまわしたりして遊ぶのだ。

上下からの責めに、真樹は自分の肉体が、どうしようもなく欲情していくのを感じる。

年若い二人の性欲は限りなくドスケベで、限りなく露骨《ろこつ》であった。それに応える真樹も又、今や獣じみた欲情に全てを解き放っている。

忠之は、ブルルと全身を震わせると、最後の一滴をも、真樹の舌でぬぐい取らさせる。

そして、真樹の胸から降りれば、すぐに、その頭を両脚で挟み込む形に、真樹の顔を、尻の谷間に埋めさせるのだ。

「舐めろよ」

あおむけの形で、その頭をスッポリと、立ちはだかる忠之の股倉《またぐら》の下へ入れて、真樹は忠之の尻を舐める。

生えかけた短い剛毛が、チクチクと舌を鼻面を刺し、ザラザラとした感触が、真樹には、かえって好ましく感じる。

吉田のように成熟しきった男のそれとは違って、確かに忠之のそこは、若かった。

汗で蒸れた谷間に沿って、つき出した尻をすぼめて、舐める。キュッとひきしまった一点は、忠之の秘口だ。そこをとりわけ、ていねいに舐めくりまわす。

「ウーッ！　きくぜ。チンポが痛てぇ程、勃っちまう」

忠之は肉体を快感にさざめかせる。

雄二も又、たまらなくなったのだろう。真樹の尻からナスをズポッと抜き取るとサポーターを脱ぎ捨て、その穴へ、己の雄根をつき入れてくる。

「締めろよ」

雄二の雄根は、一気に根元まで侵入してくる。汗で滑り易くなっていた上に、今しがたまでのナスのために、それは当然のことだった。

雄二の腰が、前後に動き出す。

真樹の腰が、前後に動き出す。

真樹は、若さの全てをかたむけて真樹のケツを犯す雄二の力強い動きに、身もだえする。

手を伸ばして、真樹の雄根を握る忠之。その忠之の首に手をまわし、雄二は忠之の唇を求める。

忠之は、己の雄根を握ると盛んにしごきあげる。同時に真樹のそれも、しごかれる。

三人の荒い吐息、唇を貪《むさぼ》りあう二人が、顔を離せば、二人の間は唾液の糸が引き、それは、真樹の腹へと滴《したた》った。

三人の汗の臭いと、若い野獣の体臭が一つに混ざりあい、異様で刺激的な臭気が、部屋一杯に充満した。

やがて、忠之の肉体がピクッと痙攣《けいれん》する。

「ウッ！　俺、出ちまうよ」

「俺も、いきそうだぜ」

雄二の腰の振りが一段と激しくなる。真樹の肌を打つ雄二の双玉のビタッビタッという音が絶え間なく、又、湿っていく。

「いっ、いく！」

忠之の両脚がつっぱる。

興奮に、開いたり閉じたりし始めた忠之の尻の秘口に、真樹の舌がヌッと入り込む。

ピュッ、ピュピュッ！

忠之は爆発した、同時に真樹の雄根が、忠之の手の中で握り潰される。その勢いに、真樹も又、爆発させられる。

その締めつけに、雄二の雄根は、真樹の奥深くで、ビグッビクッと身もだえする。

真樹の胸板から腹一面に、真樹と忠之の飛ばした汁が散っていた。

「ウッー！　スカッとするぜ」

と雄二！

「俺も！」

と忠之。

だが、真樹は、まだ許されない。そのままたて続けに二発。雄を抜かれるのだ。

汗でベトベトになった真樹の雄根を、二人はかわるがわるに責めしごき、もだえる真樹の様を笑いながら見つめる。

「これだけの肉体して、一発じゃ、もの足りねえよな。先生！」

その逞しい肉体を、飛ばした雄汁で全面汚しきった真樹の、快楽の果てに眼をトロンとさせ、荒い息をする様を、あらゆる角度から、写真に撮られたのは、言うまでもない。

わけても、口にほおばらせられたナスは、真樹のケツに押し込まれていたもの、それに、忠之は、汁をたっぷりとまぶし、糞のこびりついたまま、真樹の口にねじり込んだのだ。

「いい格好だぜ、先生よぉ！　ほら、顔がよく写るように、こっち向きな」

雄二が、シャッターを切る。

午後、真樹は、両手を壁にかけ、肉体をくの字に曲げて、二人の前にケツを突き出す。

両脚を逆Vの字に開いて、今、まさにヤキを入れられるのだ。

真樹は、午前の責めをその肉体に受けて以来、素っ裸のままでいさせられる。

勿論、肉体を拭《ふ》くことも許されない。

いつものことだ。土曜日の雄二と忠之のいたぶりは、翌日の吉田へと引き継がれる。その両日、真樹に許される身につけるものといえば、例の汚れきったサポーター以外ない。

風呂はおろか、シャワーすら許されない。何故なら、さんざんに汚れきった真樹の肉体の臭いを吉田が好むからである。

それは、真樹の雄の体臭と汗臭さと、汗の乾いた臭いだ。

「まったく、いつ見てもいいケツしてる。プリプリしてやがる」

忠之の手には、スリッパが握られている。

「いいか」

「ウッス！」

忠之は、そのスリッパを振り上げると、真樹のケツたぶめがけて、打ちおろす。

バーン！

肉の破裂する小気味よい程の音が高らかに鳴り響く。

「ウッス！」

「声が小せえよ」

再び、スリッパがうなる。

パシッ！

「ウッス！」

雄二が十五回、忠之が十五回、スリッパのケツ叩き。

一回叩かれる度に、真樹は感謝の「ウッス」を吠えねばならない。

またたく間に、真樹のケツは、熱く火がついたように火照《ほて》り、赤く色をかえる。

一度ひいていた脂汗が、ドッと吹き出す。

バシッ！

「ウッス！」

バーン！

「ウッス！」

理由は、昼食の時、サポーターを穿いたことにある。床に放り投げた肉片を、手を使わずに食えと命ずる雄二。

「犬がサポーターなど穿くかよ。サオを、モロ出しにしてろ！」

忠之の罵声がとぶ。

「なんだ、このざまは、萎えさせやがって、ピンと勃ってなきゃ、面白くねえや」

雄二が、真樹の尻を蹴りあげる。

おっ勃ちマラもあらわに、真樹は、床に四つん這《ば》いになり、投げられた挨まみれの肉片を食べさせられたのだ。

バーン！

「ウッス！」

既に二十を越えた。ケツは、ビリビリと震え、肉体を支える両腕が痺《しび》れてきた。

「ケツを引くな。つき出してろ！」

バシッ！

「ウッス！」

「こっち向きな」

三十発のスリッパによるケツ叩きが終わる頃、さしも強靭《きょうじん》な真樹も、荒く肩で息をしていた。

しかし、怠慢《たいまん》は許されるはずもない。壁から手を離し、真樹は振り向き、両腕を頭の後ろに組むという腋下を晒す姿勢で直立する。いく分堅さを失っているとは言え、真樹の股間は勃っている。その様を満足気に見守る雄二と忠之なのだ。

「さすがに鍛えあげただけあるぜ。見ろよ、あのおっ勃ち具合をさ」

「もう二三発は遊べるなっ、忠之！」

「フッ！　なら、あれを試してみるか？」

「あれか？」

「ああ、あれ！」

顔を見合せ、二人は笑う。

真樹の両手首に再び荒縄がかけられる。縄が天井にかけられると、二人は引く。

真樹は、吊り上げられていく。逆吊りの比ではないが、矢張り、それは苦痛を伴う。赤くはれた尻の谷間に、雄二の手がかかり、グィッと押し広げた一瞬、真樹はその激痛に呻き声をあげる。

だが、雄二がそれに頓着《とんちゃく》するはずもない。

「たっぷり塗れよ。忠之！」

忠之がクリームを、その秘口の周辺に、ベッタリと塗りたくる。冷たい感触が、真樹はかえって快《こころよ》かった。

「尻の穴にも塗っとけよ」

「ああ、まかしとけ！」

指をクリームの中に突っ込み、たっぷり取ると、忠之は、それを、真樹のケツの穴へさし入れる。

「アッ！　アアッ！」

指は、真樹の尻の穴の中に、クリームを塗りつけていく。

「ほら、もうズズッと滑るみてぇに、二本指が入るぜ」

「よし、こっちも準備しよう」

雄二が、サポーターを脱ぎ捨てる。ビンビンの雄根。忠之も又、サポーターを脱げば、そこにも、ボロッと勃起した雄根。

手にすくったクリームを、二人を向きあって、互いの勃起した雄根に握るようにして塗る。

「くすぐってえな」

「いい気持ちだろう。こんなに勃っちまってさ。ヒンヤリして、俺のは、コチコチだぜ」

二人の股間が白く色を重ね、肉の色も見えなくなる頃、二人は、左右から、真樹の逞《たくま》しい脚を持ちあげる。

そして、互いに股間をくっつけると二本の雄根を、真樹の秘口に当てた。

滑り易くなっているとは言え、勃起した雄根二本は、やはり入りにくい。

二度、三度突きあげ、その度に堅い肉棒に、真樹は呻《うめ》く。

だが、それも時間の問題だ。

その一瞬、ヌッと肉ヒダは割られ、二人の雄根は、真樹を貫いた。

ヒダというヒダ、シワというシワが伸ばされ、きりきり痛む。堅い肉棒二本の充実感といったらなかった。その異物感に、真樹は喘《あえ》ぐ。

しかし、雄二も忠之も、その熱い肉洞穴の中で、二人の雄根ヒダと抱き合うがごとく埋まり込んでいる感動に酔っているようだった。

「感じるぜ、雄二、お前のサオの堅さをよ」

「ウン、俺も！　感じる」

雄二の手が、真樹の雄根をさする。

無理矢理射精させることで、そのケツの穴のすぼまりを促《うなが》すというのだ。

四発目の爆弾は、時間がかかる、だが、快感の募《つの》りに従って、真樹のケツの筋が伸縮し、二人の雄根をしめつけては放ち、放してはしめつける。

「いっ、いい、いいぜ」

「くっ、たっ、たまらねえぜ」

ゆらゆらと揺れながら、真樹はのけ反っていく。喉仏がゴクリと唾を飲む。

濃い眉根にせつなげな縦ジワが寄り、鼻腔《びくう》がヒクヒクと動く。

若い雄達の濃い体臭が、ムンムンと臭った。雄二の手がかきまくる。

「ああ、やっ、やめろ、出ない。もう、絞りつくして、何も出ない」

真樹は叫ぶ。

「こいつは、そうは言ってないぜ。まだまだミルクタンクに溜まってるとよ」

「ウッ！」

その射精は、やや勢いを失っているとは言え、白い粘液は、鈴口を開き、とくとくと吹き出していく。

それは又、尻の筋肉を蠢《うごめ》かせ、雄二と忠之を締めつけるのだ。

「いっ、いくう！」

「おう、雄二、お前のサオがピクピクと動いているのを感じる、俺も、俺も、いきそうだ」

「ああ、お前の汁、飛ばしてるのが、わかるぜ。忠之！　いっいい。俺も、出てる。出てる」


雄二と忠之が帰った。

やがて吉田が来ると言う。

帰り際に、二人と、当然のごとく、真樹に吉田の出迎えの準備をさせていった。

当然の素っ裸で、真樹は、玄関に胡座をかいた姿勢で坐らせられている。

身動きのできぬように、荒縄が、その逞しい肉体を縛りあげていることは言うまでもない。

両腕の高手小手はいつものこと。大股を開いて股間もあらわに、その根っ子をキリキリと細紐でくくられているために、勃起は静まりそうもない。

口一杯にほおばらされているのは、例の汚れきったサポーターだ。吐き出さぬようガムテープが貼られている。

真樹は、その雄臭いサポーターの味を吸い続ける他ないのだ。

そして、何よりも真樹を悩ませているのは、そのケツの中に注入された座薬。浣腸剤だ。ナスによって、その出口がふさがれているので、もれ出ることのない座薬、腹の下腹部で熱く溶け、絶えず襲いくる排泄感に、真樹は全身、脂汗にしとどに濡れそぼる。

吉田以外に訪れる者のないことを見越し、玄関ドアは、開けっ放しになっている。

「いい格好だよ、先生！」

「その肉体見たら、吉田先生も喜ぶぜ。うんと可愛がってもらいなよな」

「今夜一晩中だぜ。それに明日は日曜日とくると……ハハハッ」

そう言いながら、雄二と忠之は帰っていった。

あれからどれ位、時がたっただろうか。真樹は、萎えることを知らない自分の股間を見つめる。

どうしようもないたかぶりを、己の手で果てることは許されない。

草をかき分け登ってくる足音がする。吉田だろうか。

もし、違ったら……。

真樹は肉体を固くする。

腹はゴロゴロと鳴り、いっこうにおさまる様子もない。

足音は近付いてくる。

夕闇がせまってきた。

逞しいボディと男っぽいツラをした新米体育教師にヤキを入れてみたいヤツ求む。苦労して落とした上物のMだが、複Pを仕込んでみたい。

学ランのツッパリに責められて掘られたらきっと派手にヨガリ泣くぜ。日体大卒。俺も同業。

初出　「さぶ」一九八六年七月号

体育教師 第二話

第一章

蒲団《ふとん》の上に、大の字になって、吉田は、その男として完全に充実しきった裸体を、真樹に舐《な》めまわさせながら、欲情を放出した余韻《よいん》に身をまかせている。

全身にしとどにかいた汗を、これも又、汗まみれの真樹の舌が舐めあげる。

「サオ!!」

吉田の低い、威圧的な声が、ひと言命ずると、真樹は、今しがたまで、自分のケツの穴をえぐり、ミシミシと幾度となく犯していた吉田の太く、ふてぶてしい雄の肉柱をしゃぶるべく、おっ開げられた吉田の股間に、顔を埋めていく。

もっさりと繁った剛毛の中に、剥《む》けきった吉田のマラは、ヌルヌルとした粘液にまみれ雄の匂いを、発散している。

吉田の股間をしゃぶりまわす真樹の頭に、吉田の手が伸びると、それを荒々しく撫でさする。

嫌味なほどに、すっかり剃り上げられた真樹の頭は、しかし、真樹の男臭い面には、よく似合った。

夏休みになり、部活動期間が終わり、これで二週間、完全に夏休みとなった日に、スポーツ刈りであった真樹の頭髪は、吉田の手によって、ツルツルに剃りあげられたのだ。

嫌も応もない、当然のことなのだ、吉田の言葉は、真樹にとって至上命令にも等しい。

体育の授業と部活で、ここ三週間、プールサイドにいた真樹の肉体は、黒光りする程に日焼けし、その鍛えあげた肉体にふさわしい、色となっている。

吉田と過ごす時間、真樹が身につけることを許されているのは、使い古されたバイクサポーター一丁。それも、この頃では、ほとんど身につけることもない。

スイムパンツの形に焼け残った部分が、やけに、生々しく感じられる。

この三日間、吉田は、真樹の下宿にいる。

真樹の頭髪を刈りあげた日からずっとだ。だから、この三日というもの、真樹は、素っ裸のまま暮らしている。

風呂どころか、シャワーさえ許さない吉田は、日に日に、濃くなっていく真樹の体の雄臭さを楽しんでいる。

若い真樹の肉体は、脂ぎり、ヌルヌルとしている。

大学一年の、ラグビー部の合宿を思い出す。新入部員は、その合宿期間、練習時以外、素っ裸でいることを強制されたのだ。理由はいろいろあった。しかし、結局、女っ気のない山の中の合宿所で、新人部員の性をいたぶることが、何よりの楽しみであったからに他ならないのだ。

白昼から、新入部員を一列に並ばせて、太陽の照りつけるグランドの中央で、マスをかかせることが、当然のようにやらされた。

衆人監視の中での、オナニーショーは夜毎《よごと》の行事ですらあった。

「もっと股をひらけよ、よく見せろ」

「声出せ、声を！」

先輩らの見守る中で、罵声《ばせい》と嘲笑《ちょうしょう》を浴びせかけられながらマスをかくことで、新入部員は、一人前の部員として認められていくのだ。

真樹の口の中で、吉田のサオが、少しずつ堅くなってくる。

「明日にでも、忠之と雄二を呼ぶか。三人がかりで、とことん、お前のこの肉体を、いじくりまわしてやる。どうだ、嬉しいか」

「ウッス!!」

吉田のサオを口に含みながら、真樹は答える。一段と堅さを増した吉田のサオは、真樹の口の中一杯に、雄の肉の味をさせている。

「おい、ケツ、出せ、入れてやる」

吉田の手が、真樹の耳をつかみ、その口から、グイとマラを抜き取る。

真樹は、すかさず、四つん這《ば》いになり、吉田に向けて、そのブリブリとした堅肉のケツを突き出す。

両膝をつき、吉田の手が、真樹の尻たぶをグッ、と左右に押しひらく。

ヒクついている真樹の秘口は、汗と脂に、ヌルヌルだ。何もつけずに一気に貫いてくる吉田の荒々しい腰の動きに、真樹の肉体は、カッと燃えあがる。

股間にまわきれた吉田の野太い手が、真樹のイモも又、カチンカチンに勃起していることを、満足気に確める。

真樹の筋肉質の広い背が、己のひと突き毎に、ムクムクと筋肉の盛りあがりを見せるのを、吉田は豪然と見おろしながら、この若く、男臭い肉体を征服しつくしている満足感を味わうのだ。日に焼け、黒さが肌に染みこんだ浅黒い背の厚い筋肉は、汗と脂に汚れきり、ギトギトと輝いている。ムッとする熱い雄の臭気すら淫楽を催させるのだ。

熱く燃えている真樹の体深く、吉田は、その肉棒を突き入れていく。

真樹の口から、せつなげな声がもれ始めていた。

第二章

忠之と雄二の来る時間、吉田は、細紐で、真樹のイモを、キリキリと巻き縛る、根元から、みっちりと細紐がかけられ、双玉も一袋ずつ分けて縛りあげられる。

剥きあがった先っ穂のくびれのところまでその細紐は、一部の隙《すき》もなく、真樹の肉棒を締めつけている。

ズキズキと脈打つ肉棒は、どうしようもない程におっ勃ち続けねばならない。昨夜、ロウソクの炎にあぶられ、真樹の股間をおおっていた、あの見事な、黒々とした繁茂は、既にすっかりチリチリに焼かれ、一ミリの長さもない。

短すぎる毛の黒ずみは、更に淫らに感じさせられるのだ。

吉田は、ロウソクの炎を、脚を広げ、両手を尻のところで組ませ、直立不動を命じた真樹の股間に近付けると、熱さにひきつるような呻き声をあげる真樹を、小一時間にわたりいたぶり続けたのだ。

ジジッジジジッと音をたて、ちぢれていく毛は、純毛の匂いを漂わせた。

すっかりあぶり焼いた真樹の股間に、真樹自身のイモから絞り取った汗が、ペタペタと塗りたくられ、その為に、今、股間はゴワゴワの短い毛の密生となっていた。

「ほら、穿け。いつものように……」

吉田が投げて寄越したサポーターは、この四ヶ月の間に、幾十となく真樹の汁を吸い、汁を染みこませ、茶色に変色しているものだ。

自ら進んで穿く気には、とうていなれぬそのサポーターを、しかし、真樹は黙って穿くしかない。

真樹の勃起の形そのままを、あらわにするサポーターは、真樹の股間の充実を見せつけるものだった。

玄関に、股を広げて正座する真樹の前に、忠之と雄二が、短パンにタンクトップといういでたちで現われたのは、しばらく後のことであった。

「お!! 青入道、いい面構えになってらあ」

雄二が開口一番、言った。

日に焼けた肌に、黒いタンクトップがよく似合っている、剥き出しの肩から腕にかけての筋肉は、高校生らしからぬ男のそれだった。

「ウッス!!」

真樹は、三日前までは生徒の一人であった二人に、後輩の礼をする。

すなわち、サポーターを膝頭まですり降ろし、己の股間をモロ出しにし、二人の点検を受けるのだ。

「三日間、吉田先生に、たっぷり可愛がってもらったんだってな、お前!!」

忠之が言う、オレンジ色のタンクトップの胸元が、汗で濡れ、厚い胸板に張りついている。

「おっ!! こいつ!! いいや、サオをグルグル巻きかよ。エゲつねえほど、おっ勃ってるぜ」

雄二の手が、真樹のイモに伸びると、そこだけ外界にさらされている先っ穂を抓《つま》み、荒っぽくこねまわす。

「ウッ!! ウッス!!」

「逃げんなよ、触ってもらいたくて、ウズウズしてやがるくせに……。ほら、腰を突き出せよ」

先っ穂の薄皮をこする雄二の指に、真樹のそれは赤黒さを増す。

その間に、忠之は、短パンを一気にずり下げると、既に堅く勃起っているマラを、ズンと晒《さら》す。

「ほら、しゃぶれ!! 久し振りにほおばりてぇだろっ!!」

雄二の手が、真樹の裸の肩にかけられると真樹に跪《ひざまず》くように促す。

真樹の鼻面に、忠之のマラが突き出される。すえた雄の臭いをさせて、それは剥けきっている。

バンバンに脹《は》れあがった忠之のマラを、真樹は顔を近づけ、大切なものを扱うように、軽く何度も口づけする。そして、伸ばした舌先で、ていねいに舐めあげると、やがて、すっぽりとくわえる。

「どうだ、久々にしゃぶらせてもらって、嬉しいか？」

雄二は、真樹の背後にまわりこむと、真樹の厚く、堅い豊かな胸板の二つの小豆色の突起を指先でつまみ、クリクリとこねまわす。

そうされることで、真樹の乳首は、堅く勃ち、胸板がジンジンするほど張っていく。

「へへッ!! もう勃ってきたぜ、乳首!! コリコリといい感触になってきやがった」

真樹の舌は、忠之のマラを舐めあげ、吸いつき、唾液にまみれさせる。

「ああ、いいぜ。こいつを知ってから、もう自分の手でこするなんて、馬鹿馬鹿しくてやってられなくなっちまった。ほら、もっと舌を使えよ、サボるんじゃねぇよ」

忠之は、そのふてぶてしく育ったマラを、更に真樹の口の中へ突き入れてくる。

一方の雄二は、真樹の肉体が、汗と脂によってヌルヌルとしていることを楽しんでいる。

「三日間、シャワーすら浴びさせなかったんだってさ。吉田先生も、やるぜ。どうだいこの肉の感じ。全身性器みてぇに、欲情しきっちまってさ」

「ハハッ!! そんなところで、もうひと汗かいているのか、お前ら…」

その時、吉田の声がする。

「おい、忠之!! どうせ泊まっていくんだろ。今から出しちまったら、後が続かないぞ!!」

「大丈夫っすよ。若いもんね。俺。こいつの面みたら、急に欲情しちまってさ」

「フン!! 来る時から、欲情してたんだろ。短パンがはち切れそうに、モッコリ張ってたぜ」

これは雄二だ。

「どれ、見せてみろ!!」

吉田の声に、忠之はニヤリと笑い、真樹の口から、そのサオを引き抜く、唾液まみれのそれは、忠之の腹をピタンピタンと打つほどに勃っていた。

「こいつの唾液にまぶされて、お前、大分赤黒くなってきたな、皮の色を見れば、どの位遊んでいるかわかるからな」

吉田の手が、忠之のサオを握る。忠之はなんのためらいもなく、吉田に己のものを預けている。

「しゃぶらせるだけじゃあ、こんなにいい色つやになりませんよ。先生!!」

「そうだよ。忠之は、ケツの掘りすぎさ。こいつのケツの肉に、こすりつけて鍛えたってわけ、おい、そうだよな」

「ウッス!!」

雄二の言葉に、真樹はそう答えるしかなかった。

「どうだ。夕飯前に、ひと汗かくか。忠之はだい分、溜まっているようだしな」

「いいっすね」

二人は同時に答える。

第三章

裏庭、と言っても、小高い山の中のこと、庭と呼べるほどのものでほない、その庭に、真樹は、素っ裸のまま連れ出される。

樫《かし》の太い枝に荒縄がかけられ、真樹の手首に結《ゆ》わえられたその荒縄が引かれると、真樹の肉体はH型に固定される。

頭髪は剃りあげられ、股間は焼きはらわれた真樹なのだが、万才の姿勢に腋下《えきか》を晒されれば、そこのみ豊かな、黒々とした茂みが繁茂し、こんもりと濃い森を見せていた。

ツルツルにされた肉体に、その腋下のモッサリと繁った毛群は、やけにアンバランスでかつ卑猥《ひわい》であった。

よくしなる小枝で、忠之と雄二は、ところかまわず、真樹の裸体を打つ。

ピシッピシッと小気味よい音と共に、真樹の浅黒く日に焼けた肌に、赤い筋がつく。

いつものように、真樹の口に詰めこまれているのは、あのサポーターだ。声をあげさせぬ役目というより、むしろ、その汚れきったサポーターを、真樹の口の中に詰め込ませるという行為が、二人の欲情を誘うのだ。

真樹の裸体からは、後から後から汗粒がにじみ出て、タラタラとその肌を伝う。

根元を縛らせているために、それでも、真樹のイモは、おっ勃ち、先走りの露が、糸を引いて、地面に垂れている。

「先生よォ。まったく、いい格好だぜ」

忠之が、小枝のひと笞《むち》を真樹の厚い胸板に打ちおろしながら、言う。

「ほらよっ!! もう一発、くらいな」

雄二の小枝が、真樹のケツたぶを打つ。

二人とも既にサポーター一丁の裸体だ。ここしばらくの間に、すっかり雄の成熟を見せ、真樹の肉体には、まだ及ばないが、一人前の雄臭さを発散している二人なのだ。

そんな三人の様を、吉田は、冷たく冷やしたビールを飲みながら、楽しんでいる。

やがて、吉田は、おもむろに立ちあがると身につけていたものをかなぐり捨て、庭へと縁側から降りる。

のっしのっしと歩いてくる吉田の股間は、ピンとおっ勃ち、剥けあがった先っ穂の威圧的な面構えを、真樹は見つめる。

「そろそろ、欲しくなってきたろう、おう、真樹よ」

吉田は、真樹の口の端からはみ出ているサポーターをつまむと、ズズッと引っこ抜く。

「欲しくて、欲しくて、チンポが泣いてますって面だぜ」

「うっ、ウッス」

「馬鹿野郎!!」

吉田のビンタが、真樹の頬に炸裂《さくれつ》する。

バシッ!!　バシッ!!

「せっかく口がきけるようにしてやった。てのに、ウッスだけかよ、ほら、どうして欲しいか言ってみろ!!」

「欲しいです。せっ、先輩!!」

「何をだよ」

吉田は、真樹の右頬を指でつまむと、キリキリと引っ張る。

「せっ、先輩の、さっサオを…」

「サオをどうして欲しいんだ」

吉田の手に、更に力がこもる。ひきちぎれそうな頬の激痛に耐えながら、真樹が言う。

「じ、自分のケツの穴を、掘って欲しいっす」

「お前、教師だろっ!! 生徒の見ている前で本当に、ケツを掘ってもらいたいのか？ えっ真樹よ」

「うっ、ウッス!!」

「このエロ教師め!!」

忠之と雄二は、ニヤつきながら、二人の様を見つめている。吉田は、真樹の背後にまわり込むと、その太い手で、真樹の太股を撫でまわす。真樹の口から甘い吐息がもれる。

「おい、雄二、そこに寝転がって、俺が、こいつのケツの穴にぶちこむのを見てろ」

「はい!!」

雄二はすかさず、真樹の両脚の間に寝転ぶと、真樹のケツの穴を見上げる。

筋肉質の、よくひきしまった真樹の尻も、こうして下から見上げると、二本の太く逞しい脚の間に、汗をかいた肉の谷間と、赤黒く縦にスッと入った秘口が、無防備に見える。

吉田は真樹の背におおいかぶきると、腰を心持ち下げ、斜め下から、そのズキズキとおっ勃った太いサオを突きあげるのだ。

吉田の赤黒い先っ穂が、真樹の秘口についたと思う瞬間、グイッと腰に弾みをつけた吉田のそれを、真樹の秘口はくわえこんだ。

「すっすげえ、ひと突きだぜ」

雄二の声が、脚の下から聞こえる。

「動かすぞ!!」

「ウッス!!」

吉田のサオが、めりめりと真樹の肉ひだを押し分け、またズッと抜ける。再び、ケツを割り、また抜く、そのダイナミックな腰使いに、雄二は狂喜する。

「ほっ、ほんとに、掘ってらぁ!!」

「俺にも見せろよ」

忠之が、寝転がる、雄二は、真樹の股間に顔を近づけ、そのイモをねぶり始める。

忠之は見る。

雄二の顎の線が前後に動くのを…、雄二が顔をひく度に現われる真樹のヌラヌラと濡れたイモを……。ピタピタと双玉を真樹のケツたぶに叩きつけながら、真樹の秘口にズブッズブッと出し入れされる吉田の太く堅いサオを、見上げることではっきりと眼に入ってくるのだ。

「ああ、先輩!! たっ、たまらんす。風が吹き荒れてるようす。トロトロにとけてしまいそうっす。自分は、どうかなっちゃいます」

そう喘《あえ》ぐ真樹の顔は、吉田の手によってねじられ、その唇を吉田が貪る。

湿った音と、筋肉のきしむ音、ピタピタと肉を打つ音それらが一緒くたになって響く。

「どうだ、雄二、こいつのイモは、旨いか」

吉田が言う。

「ギンギンに雄臭せぇや。鼻がひんまがりそうに強烈だよ」

「そいつが、成熟した雄の臭いだ、俺に言わせりゃ、味のある肉体ってもんだ」

「ええ、俺、好きっすよ、こいつの臭さがね。それに、毛がないから、鼻にチクチクしなくていいや」

雄二は、そう言うと、再び、真樹の肉棒にむしゃぶりついていく。

「おい、忠之!! 甘やかしはいけないぜ、そろそろ、見物を止めて、参加しろ!!」

「えっ？」

「ヘソから上は、お手すきだからな、ヤキ入れてやれと言うんだ」

吉田の言葉に、忠之は、立ちあがり、ニヤリと笑いながら、真樹を見つめる。

ガシッと忠之の手が、真樹の胸板に爪を食い込ますと、荒々しく、揉むのだ。

「アッ!!」

真樹は、つのりくる快感と胸を焼く痛みに肉体をふるわせる。

忠之の指は、真樹の乳首を抓み、それをひねりあげる。

「ウガッ!!」

呻く真樹、しかし、それだからと言って、許されるはずもない。

ケツを貫かれ、イモをしゃぶられる快楽は、その代償を、己の肉体で払わねばならないのだ。

当り前のことなのだ。

忠之の手は、休むことなく、真樹の無防備な上半身をいたぶりまわる。晒された、豊かな腋下に、絡みつかせた忠之の指が、思いきりそれを引き抜く。

乳首は、色をかえるまでひねりあげられ、潰される。

頬はビンタを、そして忠之の二本の指は、真樹の形のよい鼻の穴に、ズブリとさしこまれる。指が抜かれると、タラタラと鮮血がしたたってくる。

激痛は、だが、下半身に絶え間なく加えられる快感に、喜びにすらなっていくのだ。

真樹の肉体は、もはや、それなしでは燃えぬ肉体になっていたのだ。


やがて、真樹は、己のケツを裂くばかりに脹《は》れあがった吉田のサオを感じる。

素っ裸で縛り吊るされ、教え子らの前で、容赦なくケツを掘られ、犯されるさまを晒させられながら、又、己のイモを、好き勝手に、その教え子にいじくりまわされながら、そして、厚い胸板につけられた幾十のうっ血の跡を、鼻から伝う血を流させられながら、真樹は、自分がどうしようもないほど欲情していることも肉棒で感じるのだ。

知性などはもはや、完全に捨てさせられ、恥かしさもない。ただ、荒れ狂うほどの肉欲の嵐に、肉体をまかせるのだ。

真樹の口からは、獣の雄叫び以外のものはもれない。その全身で咆哮《ほうこう》する逞しい雄の肉体を、三人は三様にいたぶり味わうのだ。

汗みどろの四つの肉体が、交差し、絡みつき、西日にギラギラと輝く。

おそらく、その場に、部外者が突然入り込んできたならは、四人の体からネラネラと発散する熱気と臭気にめまいをおこすことだろう。

わけても、真樹の体からのムッとするほどの熱っぽい雄臭さは、雄にしかないものだった。そして、その臭いが一段と濃くなった時真樹は、爆発する。

スッと腰の重さが消え、ネトネトする粘液のほとばしりは、幾度となく雄二の口に飲みこまれていく。

と同時に、射精する真樹のケツの筋肉の伸縮が、吉田のサオをしめつける。

「ウッ!!」

吉田は呻き、ガシッと真樹の肉体を抱きしめる。メリメリと肉をしめつけてくる吉田の太い腕の肉、グイッと腰を突きあげ、根元までズッポリと真樹の中へ埋めこんで、吉田は雄をぶっぱなすのだ。

交尾の余韻の中で、真樹の鼻をつまむ雄二。息苦しさに口を開く真樹。その口の中に、雄二は溜めていた真樹自身のドロドロとした雄汁を、ペッと吐き捨てる。

「飲めよ」

雄二の声に、真樹は喉をヒリヒリと刺激する、己の濃い汁を飲みほすのだった。

第四章

ひと汗かいた吉田と忠之、雄二は、汗を流すため、シャワーを浴びにあがる。勿論《もちろん》、真樹に許されるはずもなく、真樹はそのまま、樫の大木の前で、Hの字の格好のまま、放置される。

次第に暮れていく夏の午后だ。

季節のため、寒さは感じない。ほてった肉体は、素っ裸だ。汗の臭いを嗅いで、蚊が、絶え間なく、真樹の周囲を飛びかう。

まだ閉じきっていないケツの穴は、吉田の太いサオにこづきまわされたためだ。その穴から、白いにごり汁が、ネバつきながら、真樹の太股までたれ流れている。

己の肉体の、ところかまわずくいついてくる蚊の襲来を、追い払うこともできずに、真樹は、ただひたすらに時の経過を耐えさせられていた。

シャワーを浴び終えた忠之と雄二は、夕食の支度を始めたらしい。台所の灯りが点り、二人の声が聞こえてくる。

再び、真樹は、大学時代の合宿を思い出していた。

練習で、ミスが続いた真樹は、当時主将であった吉田に、見せしめの体罰をくらわされたのだ。

その夜、真樹は、夕食を一食抜かされた。

夕食の支度をする二年生の声を遠くで聞きながら、真樹はトイレに連れ込まれた。

ろくに掃除もされていない洋式便器に坐らされた真樹の両腕は、頭の背後で縛られ、固定される。

「今夜一晩、そうして頭を冷やせ」

吉岡はそう言いながら、真樹のイモのつけ根に輪ゴムを巻きつけた。素っ裸の真樹は、大きく開いた股間に、己の勃起状態のイモを晒す格好で、一晩をすごしたのだ。

扉は開け放たれ、用を足しに来る者は誰もが、真樹のあさましい裸体を見ることのできる晒しものなのだ。

一列に並ばされた新入部員の視線は、なかば同情し、なかば好奇の眼で、真樹を見つめる。

「お前らも、よく見ておけ。ミスが多ければこいつと同じに晒してやる」

そういうと吉田は、皆の見ている前で、短パンをおろし、サオをつまみ出し、真樹の肉体に向けて、ションベンをぶっかけた。

熱い黄水は、真樹の剥き出しの胸板を、腹を、そして勃起させられている股間を、しとどに濡らした。

真樹の眼の前で、剥けきった吉田のサオは飛沫をあげて、黄水を勢いよく放出し続ける。

「俺にションベン、ぶっかけられて、嬉しいか」

吉田の眼が、加虐の興奮に酔っている。

「ウッス!!」

真樹にそれ以外の答えがあるだろうか。

「てめえらも、はじから順番に、こいつにションベンをぶっかけろ!!」

自分のサオをしまいながら、吉田は言った。

真樹の前に、かわるがわる立ちはだかる新入部員。素っ裸の雄の列は、とめどなく、真樹の裸体に黄水のシャワーをあびせたのだ。

初めはおずおずとしていた奴らも、やがてこの逞しいいけにえに向かって、遠慮がなくなっていく。

その状況を楽しむかのように、奴らも又、真樹の胸板を、腹を、そして股間を、しとどに濡らすのだった。

そして、その夜、真樹は、人間便器の被虐《ひぎゃく》を、その肉体に強いられ続けたのだ。

初めから遠慮のない上級生達は、真樹の顔めがけて、黄水を飛ばす。

「口を開けろよ」

そう命じられれば、それに従うしかない真樹なのだ。その時、初めて、真樹は、他人のションベンを嫌と言うほど飲まされた。

又、その口は、先輩らの性欲の処理にも使われる。

「しゃぶれ!!」

のひと言に、真樹は、両腕を頭の後ろに組むという苦しい姿勢のまま、おっ勃った先輩のマラを口に含み、顔を前後に動かさねばならない。

「歯をたてるんじゃねぇよ」

と言われる度に、頬をビンタが見舞うのだ。生臭い雄の臭いをブンブンとさせて、先輩らは、二発三発、心ゆくまで、真樹の口の中へドロドロした汗を飛ばしていくのだ。

やがて、夜が白む頃、ウトウトとしていた真樹のもとに、朝勃ちしたサオをもてあまして、先輩らが並ぶ。

黄水を、耐え間なくあびた真樹の両手の縄がほどかれると、

「ヨシ!!」

の声かかかるまで、己のイモをしごくよう命ぜられる。

異常が自然になるまで、新入部員は、先輩らによって、とことん苛《さいな》まれる。

アンモニアの臭気を全身からたちのぼらせ素っ裸の肉体を晒し、真樹はイモをかき続ける。

一発では許されるはずもなく、真樹の手はせわしなく動き続ける。

真っ赤に充血した先っ穂は、汗にまみれ、ヌルヌルと白い泡をたてている。

「こいつも、だんだん雄一匹になってくな」

「見ろよ、眼をトロンとさせやがって、臆面もなくサオいじりしているぜ」

見守る上級生の野次はいつもの通りだ。

「おい、テメェのその汁で汚れた指を舐めてみろ!!」

吉田が言う。

真樹は、指の一本一本に舌を這わせ、己の汁でベトベトした手を舐めまわす。

「うめえかっ」

「ウッス!!」

「このエロスケベ!!」

残虐な罵声が、真樹の羞恥心をメロメロにくずしていく。

大学一年の夏のことだった。

第五章

更に二日が経った、相変わらず風呂はおろか、シャワーすら浴びせてもらえぬ真樹の肉体は、体臭を更に濃くし、むせかえるような臭気と、分泌された若い雄の脂でヌルヌルとしていた。

忠之も雄二も居続けている。吉田のかけた電話に家人も安心しきっているらしい。

運動で鍛えている吉田もそうだが、忠之にしろ雄二にしろ、貪欲なまでに性をもてあまし、それはそのまま全て、真樹の肉体へと吐け口を求めるのだ。

その交尾の様は、吉田の用意したビデオであますところなく録画されている。

今も、三人はそのビデオテープを見ながらその股間をかわるがわる真樹にしゃぶらせている。


画面では、忠之が短パンを脱ぎ、サポーターの前袋のふくらみを、二三度片手で揉んで、その勃起もあらわな隆起を自慢気に見せている。

やがて、忠之はサポーターを一気にずりおろし、素っ裸になる。腹を叩くほどおっ勃ったサオは、完全に剥けきり、赤黒い先っ穂は露さえうかべている。

「こいよ!! 先公!!」

画面の中の忠之が、ニヤリと笑いながら言う。

「ケツをえぐってやるぜ。欲しいんだろ。こいつが…」

忠之は、片手で、その天に向かってそそり勃つ肉棒を軽くしごく。

画面の中に、真樹の背中が映る。高手小手に背で縛られた太い腕の肉に、縄が食いこんで、薄っすら色をかえている。

筋肉質の肉体に、縄目模様がよく似合う。

忠之は椅子に腰かけると、脚を大股に開きその股間の中央にそそり勃つサオを見せびらかす。

これから更に濃く密生していくであろう剛毛は、ヘソに向かって伸びつつあるところだ。

「ここに来て、テメェでケツの中へつっこみな」

忠之が言う。

真樹は、忠之の坐っている前まで行くと、くるりと肉体をまわし、その腹面を晒す、厚い胸板とひきしまった腰、そして毛のない股間とその既にいきり勃っているイモがアップになる。

「ケツに入れさせて頂きますって言うんだぜ。えっ！　わかってるな、先公よォ!!」

「ウッス!!　ケツに入れさせて頂きます」

真樹はそう言うと、腰をかがめ、已の秘口に、忠之のとんがりを当てがう。慎重に、的を決めると、真樹は股を開き、腰を沈めていく。

カメラは、真樹の股間を執拗《しつよう》に追い、忠之のサオが次第に肉壁を割ってえぐりこんでいくのを映す。

「ヌルヌルになってやがるから、やけに滑りよく入っていくじゃないか」

完全に根元まで入ったことを確認すると、画面はひかれ、真樹の全身を映し出す。

忠之の上に乗る格好で坐った真樹の股間に忠之の両手がのび、まさぐり始める。

せつなげに眉間を寄せる真樹。ひげだけは剃らせてもらっているそのうすく開いた唇の間に白い歯がのぞく。

5ミリ程に伸びた頭髪は、モヒカン刈りに両サイドを再び剃りあげられ、その青々とした剃り跡と残された髪のベルト状の黒さが、犯される獣じみた雰囲気をかもし出している。

「どうだ。ケツにくわえさせてもらった気持ちは……いいか」

「ウッス!!」

「いいなら、もっとデケェ声で、いいと言えよ」

「いっ、いいっす」

「だろうな、テメェのイモも、こんなに堅くなりやがって…」

忠之の手が、露骨に真樹のイモをこする。

「ああっ!!　いっいい!!」

既に真樹は快感を隠そうとはしない。肉体が感じるままに反応する。例え、それがどんなにあさましい格好であろうとも…。

忠之が真樹の裸の肩の肉を噛む。

「ウッ!!」

かすかに顔をしかめる真樹。

「吉田先生がな、テメェの股間の毛の飾りを焼いちまって、ノッペリしちまったから、かわりに飾りを下さるそうだぜ」

雄二の声が、画面の外から響く。

それと同時に、忠之の右腕が、真樹の首にまわされ、左腕は股間のイモをムンズと握りしめる。

肩についた忠之の歯型は、うっすら血がにじんでいる。

雄二は、例の汚れきったサポーターをひろげて、真樹の顔の前に差し出す。

「いつものおしゃぶりを口につっこんでやるぜ、口を開けな」

真樹の口にサポーターが突っこまれると、準備は完了だ。

雄二の手に針が握られる。ビクッとふるえる真樹。だが、逆らうことは出来ない。逆らえば、忠之のまわした首の腕が、しまるだろう。

雄二の手が、真樹の厚い胸板をさすると、その盛りあがった胸板の左右についている乳首をつまみあげる。

「ちょっと痛いが、我慢しろよ」

真樹の肉体がジタバタせぬように、ガシッと抱きあげ、更にそのイモを、しごき出す。

真樹の乳首のつけ根に、雄二は針先をあてる。イヤイヤと首を振る真樹。

「テメェ、チンポついてんだろ!!　おとなしく穴を開けてもらえ」

忠之が、ニヤニヤと笑う。

「ウグッ!!」

その瞬間、真樹は膠着《こうちゃく》したように肉体を堅くし、のけ反る。

針は、グリグリともまれるように、真樹の肉を貫いていく。ツツッと血がにじみ、流れる。

穴のあいた乳首に、雄二は金属製のリングを装着する。その間、忠之の左手は、やすみなく真樹のイモをこすりあげている。

吹き出た血が流れ、真樹の肉体を伝うにつれ、一筋もの筋を残していくのは、真樹の肉体の汚れきっていることを証明する。

両腕のみ自由である真樹は、足をドスドスと床に叩きつけて必死に激痛に耐えていた。

やがて、雄二が言う。

「いいアクセサリーだぜ」

真樹の胸板には、直径三センチ程のリングが乳首の肉をはんで、垂れていた。無理矢理ひろげられた肉は、もう既にリングをぴっちりとくわえこみ、流れる血の出口をふさいでしまっている。

雄二は指にリングをひっかけ、軽く引っぱる。リングと共に真樹の乳首も引っぱられ、胸板が盛りあがる。

「フフッ!! 明日になれば、すっかり肉になじんでくるぜ。テメェも一丁前の雄奴隷になった、てわけだ。どうだ。嬉しいか?」

ひきつる痛みに、顔をゆがめながらも、真樹は頷くしかなかった。

「ウッ、ウッス。嬉しいっす」

「嬉しいはずだよな」

忠之の手が、せわしなく動く。

眉根を寄せ鼻腔をヒクつかせる真樹の表情は、痛みを耐えるそれから、次第に、恍惚《こうこつ》としたものに変わっていく。

厚い胸板の乳首を飾るリングが、チリチリと小刻みに震え出す。

「ケツの絞り具合がせわしなくなってきた」

ピュッ!! ピュピュ!!

白濁した汁が飛ぶ。それは、真樹の腹筋にへばりつき容易に流れ落ちようともしない。

「いつ見ても、雄そのものって感じに、汁を飛ばしやがる」

モヒカンに剃りあげられた頭を、太く逞しい首が支え、肉厚の筋肉の盛りあがった肩へとつながっている。

こいつもすっかり雄の肉体になりやがった俺の雄になりやがった。
真樹の口の中へ、ネットリと濃い汁をぶっ放しながら、吉田は思った。

初出　「さぶ」一九八六年一一月号

体育教師

第二話

第一章

椅子の背もたれに、真樹の裸の背は、しっかりと固定されている。

使い古されたロープは薄黒く汚れ、真樹の厚い胸板に食い込み、みじろぎも許さない。

太い筋肉質の両腕は、頭の後ろで組まされ、腋下《えきか》をあらわに晒《さら》していた。

吉田や忠之達の楽しみのために、幾度も剃りあげられた腋毛は、ここしばらく剃りあげを許され、短く黒々とした堅い毛を、みっしりと密生させている。

両脚は、踵《かかと》を椅子の端に乗せ、折り曲げてこれも又、ロープで縛られている。

「ほら、股間が見えるように、股をおっぴろげろよ、先生よぉ！」

雄二は、真樹の股間を、大股開きに、その膝頭に両手をかけ、左右にグイッと割ると、棒をつっかえに渡す。

無防備の股間は、だから、二人の生徒の眼の前で、あからさまな晒しものとなった。

一丁前の雄肉体に、月曜日から金曜日までの五日間の禁欲を強いられている真樹なのだ。その若い肉体にふさわしいマラは、ねっとりと濃い汁を充満させて、カチンカチンにいきり勃っていた。剥けきった先っ穂は、脂ぎった欲情にねらねらと光沢を帯びてすらいる。

「若けえなあ、先生よ、膨れきって、破裂しそうなほどおっ勃《む》ててるじゃないかよ」

忠之は、己が真樹の生徒であるという立場を逆転させた口のききようだ。

「ウッス！」

答える真樹も又、この土曜という日には、忠之と雄二の二人に絶対服従を、吉田から命じられているのだ。

「いいざまだぜ」

雄二は、手を伸ばし、真樹の頬をつねりあげながら言う。

肉体をきつくいましめているロープのために、真樹は顔を痛みにしかめながらも、されるがままにやられるしかないのだ。

「五日ぶりだろ、たっぷりと可愛がってやるぜ」

そう言うと忠之は、羽毛を取り出し、真樹の前にしゃがみこむ。

「ちゃんと、サオは洗ってんのか、スルメの臭いが、ムンムンしてるぜ」

そう言いながら、忠之は羽毛の柔らかい先で、真樹のギンギンのサオを撫であげる。

「アアッ！」

せつなげな声が、真樹の口からもれる。

「何分、耐えるか楽しみだぜ」

羽毛が、サワサワと、真樹の堅い肉棒をこすりあげる。軽く、触れるか触れないかの、いたぶりに、真樹は、狂わんばかりの反応を示す。

その喘《あえ》ぎざまを楽しもうと言うのだ。二人は…。

初冬だと言うのに、色浅黒い真樹の肉体は脂をうかせて、ねっとりと輝いていく。乳首には、例の鉄輪が、肉を貫いて装着され、重りの分銅が三つずつ、計六個ぶら下げられている。

羽毛の一撫でごとに、その分銅が、筋肉の盛りあがった厚い胸の上で、ジャラジャラと音をたてた。

一撫でごとに間を置きながら、忠之は、この雄臭い、うっとうしい程の筋肉をつけた、真樹の肉体を、ニヤニヤ笑いながら凝視《ぎょうし》するのだ。

「アアッ！　たっ頼む。蛇の生殺しだ。ど、どうかなっちまう」

「生意気な口をきくぜ、えっ！　先生よぉ！」

雄二は真樹の背後にまわると、両手を、真樹の顎にかけ、グイっとのけ反らせる。

そして、二本の指を、真樹の形のよい鼻の穴にグッと突っ込むと、穴も裂けるばかりに吊りあげるのだ。

「ウウッ！」

口を大きくあけて、激痛の呻《うめ》きをあげる真樹。しかし、雄二は、その真樹の男臭い顔を無残なまでにゆがませる。

のけ反った真樹は、荒々しく胸板を上下させ、苦痛に耐える。ジャラジャラと分銅が、乳首の肉をひきつらせて鳴る。

その苦痛の中でも、股間の羽毛の撫であげは続けられ欲情は際限なくたかぶっていく。

「見ろよ、雄二、こいつのもらす先走りの露で、羽毛がシッポリ濡れちまったぜ」

忠之の声が、股間の方から聞こえる。真樹は鼻をいじくられツンと涙がにじんでくる。

「ウーッ！　ウーッ！」

声にならぬ呻きが、真樹の口をつく。

「エロ豚教師は、何か言いたいようだぜ」

「言えよ、口はついてるんだろ」

「ウーッ！」

唾液が、唇の端からツツッと伝い落ちる。涙と唾液でグショグショになった真樹の顔を雄二は声も高らかに笑いとばす。

「たっ頼む。犯《や》ってくれ、犯って下さい」

既に二十分近く、羽毛の撫であげが続いていた。

うかべた汗に濡れた真樹の肉体は、一段と雄の欲情の臭いを発散していた。

第二章

「着な！」

ロープがほどかれ、怒張したマラを静めることも許されぬまま、真樹に投げつけられたものを見て、真樹はハッとする。

それは、大学時代に着ていたレスリングの練習着だった。何度も洗濯され、色あせているそれは、確かに見覚えがあった。

吉田が真樹に与えた、吉田の着古したものだ。

「着な」

大学二年の夏、じっとしているだけでも汗が吹き出る暑い盛りに、吉田の部屋でのことだ。吉田がさんざん着たそれは、吉田の体臭と汗の臭いがみっしりと染みこみ、暑さに蒸されて、異様な臭気を放っていた。

あの時と同じセリフが、今、雄二の口からもれた。

真樹は、手にした練習着を身につけねばならない。

素っ裸に、直に着せられると、吉田は、真樹を直立不動の姿で立たせる。

今しがたまで、いじくりまわされていた真樹の股間は、それとわかる形に、むっくりと盛りあがり、山脈を作っている。

吉田はナイフを取り出すと、その股間のつけ根をつまみ、スッと裂いた。

そして、その小さな裂け目に、指をつっこむと、その中で熱くたぎっている真樹のサオを、その小さな穴からほじくり出すのだ。

股間に裂けた穴から、肉色がのぞく。それを、確かにほじくり出せば、ヌルヌルと濡れたサオが、ニョッキとつき出る。

双玉も穴の外に出せば、黒いレスリングの練習着の股間から、ポロリとつき出た生の肉棒がズキズキと疼《うず》いて晒されるのだ。

その姿の滑稽《こっけい》さに、二人は声をたてて笑った。

「ブリッヂ作れよ」

真樹は、あお向けに寝て、両脚を折り立てると、肉体を弓なりに反らし、ブリッヂの形を作る。股間からつき出たサオが、二人の眼の前に無防備な姿で晒される。

「吉田先生によくこうやられたんだってな」

そう言いながら、忠之は、腹筋の堅い腹をバンバンと叩く。その下の布のゴワゴワは、吉田に絞り出された精液のこわばりだ。

吉田は、時折り、こうして、真樹に苦しい姿勢を強いては、そのサオをいじくりまわして楽しんだのだ。

真樹の熱い肉体の湿度に蒸されて、染みこんでいた臭いがよみがえってくる。

雄二は、真樹の開いた両脚の間にしゃがむと、そのビンビンに筋肉を堅くして、己の体重を支えている、真樹の逞《たくま》しい太脚の内側を撫でさする。

「俺の好みなんだぜ、先生のこの肉触りのいいとこがさ、筋肉そのものって感じだものな」

その撫であげは、真樹の欲情をそそり、苦しい姿勢からくるサオの萎縮《いしゅく》をさまたげる。

ビンとおっ勃ったサオは、いっこう衰えることを知らぬようだ。

流れる汗を吸って、練習着が、きつい臭気を放つ。

その開いた股間に、黒い布地を割って、ニョキリとそびえ勃つ真樹のマラを、忠之も雄二も、ためつすがめつ、凝視するのだ。

無数のシワをたたんだ、プリプリとした双玉には、黒光りする縮れ毛が、ブツブツとつき出している。

堅い肉棒のいたるところに、血管のふくらみが、皮膚を盛りあげて、絡みついている。

キリキリと先っ穂のえぐれにわだかまる皮をすぎると、ムックラとふてぶてしい先端のプラムが、テラテラと赤黒い光沢を帯びて、その鈴口から透明な露をしたたらせている。

その生々しい欲情の証しだけが、黒い布地の中から突き出しているのだ。

「先生よぉ！　出したいか？」

「ウウッ！」

「教え子に、こんなえげつない格好をさせられて、恥ずかしいと思わないのか？」

「ウッ！　恥ずかしい。が、どうしようもない程股間が燃えているんだ」

「恥ずかしい程燃えるんだろ！　エッ！　先生！」

忠之が、指先で、ツンと真樹のサオをつまはじく。

「アアッ！」

「握って欲しいか？　先生よぉ！」

「ウッス！」

「エロ豚め！　ほら、自分はエロ豚ですって言ってみな」

雄二は、あいかわらず、真樹の太股の内側を撫であげながら言う。

「じっ自分は、エッ、エロ豚っす」

「チンポを握られたくて、ウズウズしてますって言ってみな」

忠之は、晒された真樹の腋下の堅い繁みの感触を楽しみながら言う。

「チッ、チンポ……握られたくて、ウッ、ウズウズしてるっす」

「声が小せぇよ。もっとでけえ声で言ってみろよ」

「じっ自分は、エロ豚っす。チンポを握って、握って下さい。た、頼む、一発、一発でいいんだ、アアッ！」

泣き顔になった真樹の顔は、苦しい姿勢に赤く充血していた。

頃はよし、忠之の手が、真樹のカンカンに焼かれた肉棒を鷲掴《わしづか》みに、握り遣すと、二三度しごきあげる。

「ほら、願いをかなえてやるぜ。ぶっ飛ばしな！」

「ウグっ！」

真樹の鈴口が、カッと裂けるや、白濁した粘液のかたまりが、威勢よく宙を飛ぶ。

ビュッ！　ビュッ！　ビュッ！

溜まりに溜まっていた汁が、耐えに耐えていた爆発を繰り返す。

黒い練習着に、そのねっとりとした汁が、飛び散り、ブヨヨとへばりついた。

若い青臭い臭気が、ムンムンと鼻をつく。

「嬉しいか？　教え子に、テメエのチンポをいじくられて、汁を飛ばしてるんだぜ」

雄二の声も聞こえない、ただただ、真樹は股間の重さが、一吹き毎に軽くなっていく快感に酔っていたのだ。

かつての日々、吉田の手によって、こうして汁を絞られたことがふと脳裏によぎった。

第三章

真樹の放出が果てれば、真樹の肉体をいびる興奮に、股間をいきり勃たせている二人は、己の欲情を、真樹へ向ける。当然のことだ。

四つん這《ば》いになった真樹は、レスリングの練習着を再びひんむかれ、素っ裸にされる。

雄二が、真樹の両腕を、背にひねりあげ、ロープをかける。

支えを失った真樹の上半身は、挨の積った床に顔からつっこむ形で、のめる。

下半身は、四つん這いの姿だから、ケツはつんと突き出されているのだ。

「挨にまみれちゃ、せっかくの男前が泣くからな」

と言いつつ、忠之は、真樹の顔の下に、今しがた汁を吹いて、ベトベトに汚れた練習着を敷く。

床に潰れた真樹の顔に、己の放出した汁が、グッチョリとへばりつく。

「ウーム!」

その青臭い、きつい臭気を放つ汗は、真樹の額に、頬に、鼻先にネチョネチョと不快な感触を与えるのだ。

「さてと先生よお。これから何して遊ぶよ」

雄二が、つき出された真樹のケツの肉を撫でながら言う。

「ウウッ!」

口を開けば、汁が唇にこびりついてくる真樹なのだ。

「言ってみな」

雄二の猫なで声が、真樹に答えを促す。

「ウウッ！」

呻く真樹！

と突然、雄二の口調が、ガラリと変わる。

「言えってんだよ！　このエロ豚！」

バーン！　と音も高らかに、真樹の剥き出しのケツに、雄二のビンタが炸裂《さくれつ》する。

カッと燃えるような痛み、おそらく、ケツたぶには、雄二の手形が、赤くついているはずだ。

「ケッ、ケツ、掘って下さい」

真樹は言う。

「聞こえねえよ。もっとでけぇ声で言ってみな」

そう言いながら、忠之の足が、真樹の床にへばった頭を踏み、グリグリと押さえつけてくる。

「ケツ、掘って下さい！」

「フン！　処女じゃあるまいし、か細い声で言うんじゃねえよ。お前のえげつない性格はとうにわれてるんだぜ。先生よ！」

雄二はブリーフを下げる。怒張したマラがグビングビンと興奮に首を振り続けている。

雄二はつき出された真樹のケツたぶを、両手で鷲掴みにすると、グッと左右に押し広げる。

毛抜きで、むしり取られた谷間は、すっかりとスベスベで、秘口の赤黒い色素の沈着があらわに見える。

雄二はその谷間に顔を埋めると、舌をつき出し、ペロペロと舌先で舐《な》めあげる。

ツンととがらした舌先は、秘口のヒダを幾度も舐めることで、受け入れ易くするのだ。

「ほら、ケツを割るぜ」

そう言う雄二は、真樹の腰骨に手をかけ、ねらいも定めて、一気に突いてくる。

「ウッ！」

真樹の秘口は、雄二を受け入れ、裂け目を開け、しっかりとくわえこむ。

尻の肉たぶにゴワゴワと当るのは、雄二のマラ毛だ。

「いくぜ！」

雄二は腰を使い始める。

ミシミシと音をたてて、雄同士の交尾は、荒々しく、露骨だ。

雄二が腰を真樹のケツに沈める度に、真樹の顔は、汁にまみれて、グチョグチョと音をたてた。

夏をすぎ、秋を迎え、そして冬。この数ヶ月の雄二の肉体は、未成熟な少年のそれから成熟した男のものに変わっていた。

真樹のケツをえぐりまわすマラの太さも、堅さも、一丁前の雄そのものだった。

そのスリコギのような堅さが、真樹の腹の中を秘口からかきまぜる腰使いの荒々しさに、真樹は犯される実感を感じとった。

それは、めくるめくほどの快感であった。年下の、それも教え子である高校生が、己の肉体を犯す。その倒錯感に、いつしか真樹の股間は痛い程におっ勃ち、露を糸引いてしたたらせていく。

やがて、雄二の両手が、真樹の腰骨をグイッと己に引き寄せる。根元まで、完全に没入した一瞬、真樹の秘口のヒダが、グビリグビリと伸縮させられる。

熱い弾丸が、ケツの穴深く、ビシバシとぶちあたった。

「ウーッ！」

満足気な、溜息と共に、雄二はそのマラを引き抜く。

だが、引き抜かれてすぐに、忠之が、ふりたてたマラを埋めこんでくるのだ。

「締めろよ。先生よぉ！　ケツの穴、ガバガバだぜ。二十三だろ。そう、そうだ。きさだしたぜ」

忠之の声が、背後から聞こえる。

「ウッ！　たまんねぇ！　とろけちまう！　これだからマッチョを犯るのは、いかすぜ。筋肉を鍛えてる分ケツのしまりも最高だぜ」

忠之の爆発と共に、真樹のサオも、トコロ天に爆発する。

手をそえず、しごきもせずに、真樹のマラは、ビンと勃ち続けざま、ピュンと汁を吹きあげたのだ。

「おい、忠之。お前の腰使い、よっぽどよかったらしいぜ。こいつ、何もしねえのに、射精しやんの。ビュッビュッと飛ばしてるぜ」

雄二が言う。

「おい、ぶっこんだら、俺に代われ、一発じゃ、もの足りねえや」

忠之のマラが抜かれるや否や。再び雄二が肉体を重ねてくる。

腹の中で、タプタプと二人の汁が、混ざりあっていくのを、真樹は感じた。

第四章

裏庭に引きずり出された真樹は、両腕をあいかわらず、背で縛られている、歩くたびに胸の乳首の分銅が、ジャラジャラと鳴る。

ケツの穴のすき間からもれた、雄二と忠之の汁が、太腿を伝い、タラタラと流れ落ちている。

サオは、輪ゴムでビンビンに結わえられ、すっと上を向いた先っ穂のえぐれには、乾いた汁が、チーズ状の粘りを持っていた。

忠之は、真樹の厚い胸板に、三四巻きロープを掛けると、樹の幹に絡ませ、吊るす。

二人は、防寒着を着ているので、ひときわ素っ裸の真樹の肉体が、きわだって見える。

初冬の寒気は、しかし、真樹の逞しく鍛えあげられた肉体には、届かぬようだ。

いや届かぬ訳はない。だが、だからと言って、素っ裸を強いることを止めることはない。

真樹の口には、ガムテープが貼られ、言葉を奪っている。

忠之が、更にロープを取り出し、真樹の膝にくくりつけると、その脚を持ち上げて、樹の太い梢へと吊りあげる。

真樹は、だから、片足一つで、己の体重を支えねばならない。吊り上げられた片足の為に、秘口もあらわに、ケツがおっ広げられるという、ぶざまな姿を、二人はニヤつきながら見つめる。

「これ、何だか、わかるかな。先生！」

忠之がブルゾンのポケットから取り出したものを見て、真樹は眼を見開く。

「坐薬さ、一つでもかなりきくけれど、この肉体だからな。三ついくか」

忠之は、真樹の吊られた肉体のケツの穴へそれを押し入れる。

「一つ、二つ、ほら三つ！」

首を激しく振り、いやいやと拒む真樹だが、そのケツ深く、坐薬は既に溶け始めている。

雄二は用意していた、ロウソクで、真樹の両側に、ロウをたらし、固定する。

「ビデオに、撮ってやるよ、先生もらすところをね」

炎に浮きあがった真樹の肉体は、男が見ても惚《ほ》れ惚《ぼ》れするほどの完熟間際の雄の見事さで、光の中にたたずんでいた。

その肉体に食いこんだロープと、顔をしかめてつのりくる便意に耐える被虐のさまは、真樹の雄臭い面と筋肉質の肉体を、更にひきたたせるかのようだった。

雄二は、ビデオセットを片手に、その一刻一刻の変化を撮っていく。

脂汗を全身にうかべて、もだえ出す真樹、地面についた足が、小刻みに震え出す。

溶けて流れ出すロウが、浅黒い真樹の肌に白い筋をつけていく。

忠之は、枯れ枝の棒、直径三センチはあろうか、それを手にすると、真樹の波打つ腹筋を、ギュッギュッとこずきまわすのだ。

「ウーッ！　ウーッ！」

ガムテープごしに、真樹の呻き声がもれる。我慢の限界は、誰もが知っている。しかし、真樹は必死に耐えている。

「往生際の悪い先公だよな、お前は……」

そう言うと、忠之は、棒を持ち直し、真樹のケツの穴に、ズブリと貫く。

「ウグッ！」

のけ反る真樹、炎がゆらめき、タラタラと熱ロウが白い筋をひく。

忠之は、十センチ近く、棒をぶちこむと、グリグリと真樹の腹の中をかきまわすのだ。

限界だった。

「雄二、うまく撮れよ」

そう言うと、忠之は一気に棒を引き抜く。音も高らかに排便する真樹。

ドロドロになった汚物が、地面に山を作るケツの穴が、小刻みに開閉し、その都度、汚物があふれ出てくる。

ビデオがまわる。

「いいぞ、いいぞ、出しちまいな」

雄二がわめく。

「ハーッ！　ハーッ！　ハーッ！」

荒い息に、肉体をふるわす真樹の眼に涙がにじんでいる。

「よし、第二ラウンド」

そう言う忠之は、ゴム手袋をはめ、再び、坐薬を、真樹のケツの穴へねじりこむのだ。

三度それが繰り返され、四度目には、真樹の空になった腹は、もはや、何も出すものをなくしていた。

めくれあがったケツの穴のヒダが、赤く充血して、苛酷な強制排泄を物語っていた。腹筋は荒々しく波うち、厚い胸板は上下しその度にジャラジャラと分銅が音をたてる。秘口がヒリヒリと熱かった。

第五章

真樹を、樹の幹に縛り直すと、そのまま、屋外に放置して、忠之と雄二は、吉田から渡されたビデオテープを見る。

寒風に、素っ裸の真樹は、だから、下半身の汚れを拭くこともできず、ただひたすら、晒しものなのだ。

昨日、放課後、体育教官室に呼ばれた忠之は、吉田からビデオテープを手渡された。

「お前ら、明日は、いつもの予定か?」

吉田は、言った。

「もちろんですよ」

「なら、こいつを観てみろ！　あいつが一年の時の合宿で撮った奴だ」

ビデオデッキに入れ、スイッチを押す。黒白の波線が、ジジジとしばらく画面を走る。

と、突然、野郎の全身裸体が、映る。

薄汚れた体育館らしき背景に、若い野郎の裸体が、はっきり見える。

短かすぎる程短かく刈りあげられた頭髪に、太い眉、きかんきな表情、筋肉質の肩、胸、腹筋のしまり具合、もっさりと繁った股間は剥けたサオがピンと勃っている、太い太股、毛深い脚。

カメラが、ひと通り、そいつの肉体の各部をゆっくりとねめまわすと、再び全身がうつし出される。

「名前を申告しろ」

声が威圧的に響く。

「植木正雄」

若い声で、全裸の野郎が答える。

「年令?」

「十九歳」

「身長?」

「百七十三センチ」

「体重?」

「六十七キロ」

と、ひと通りの自己申告が終わると、若い野郎は「お願いします」と怒鳴るように言い両手を頭の後ろに組み、股を軽く開く。

上級生らしき影が、その背に重なると、太い手が、前にまわされ、無防備の股間をまさぐる。

そして指先で、輪を作ると、若い野郎のサオを、その輪の中に入れる。

「やれ!」

再び、威圧的な声がする。

若い野郎は、腰を前後に振りながら、怒鳴るように校歌を歌うのだ。

その単調な声に合わせて、腰を振れば、他人に握られた己のサオは、指の中から、その先っ穂を出たり入ったりを繰り返す。

やがて、若い野郎のサオはねっとりと濡れ突然、歌声が途切れる。

「ウッ！　いきます！」

そう言うのももどかしく、サオの先から、白い汁が、放物線を描いて飛んだ。

「ありがとうございました」

若い野郎は一礼すると画面から消える。

次の野郎の自己申告が始まる。その繰りかえしが四回、四人続く頃には、床一面、四人の飛ばした若い汁が、乱れ散り、白い固まりが、処々に床を汚している。

五人目の若い雄が直立不動で立つ。

「名前！」

「黒川真樹」

そう、それは、四年前の真樹だった。忠之と雄二は顔を見合わせ、笑う。

肉体は、まだ完熟してはいない。しかし、その筋肉質の肉体は、その年令にふさわしい若さの証しだ。

短かい頭髪の下に、ちょっと若い、だが、今同様、男臭い顔があった。

「体重！」

「六十二キロ」

自己申告は続く。

そして、真樹は言った。

「お願いします！」

両腕が、頭の後ろで組まれると、手が伸びてくる。

ピンと既に勃起していたマラを握り、二三度上下にしごきあげると、指輪が肉棒にはめられる。

校歌を歌う真樹の腰が、前後にダイナミックに動く。張り詰めた太股の動き、腹筋が波打ち、呼吸が荒くなり、歌声の間に、ムーッハーッと息が入る。

「い、いきますっ！」

ひと声叫んで、真樹は腰をグイッと前につき出す。ビュッと白い汁が飛ぶ。何度も何度も汁を吹き出すサオのアップ。

「ありがとうございました」

一礼して、画面から消える真樹。

忠之も雄二も、再び勃起した己のサオを軽く撫でながら、画面を見すえている。

やがて、画面がかわり、宿舎の一室と思われる部屋がうつる。野郎だけの合宿所らしく乱雑に練習着やサポーターや、パンツが散乱している中に、真樹とあと二人の若い野郎が正座させられている。

ぐるりと取り囲んでいるトレーナーの足はおそらく先輩のものであろう。

正座する三人は、当然のごとく素っ裸だ。股間のそれは、今度は勃っていない。

「いいかげんな気持ちで、練習するんじゃねえよ」

明らかにいらだった声。

「あの態度はなんなんだ。エッ！　あの態度は……」

別の罵声《ばせい》が飛ぶ。

「す、すいません！」

三人はほとんど同時に言う。

「すいませんだとお、すいませんですむと思ってんのかよぉ、このドマヌケ！」

三人の頭に、スリッパを握った手が振り降される。

バシッ！　バシッ！　バシッ！

音も高らかくスリッパが三人の頭をぶっ叩く、首をひっこめて避けようにも避けられない三人は、まともに力まかせのスリッパを頭上に受ける。

「すっすいません！」

「気合いが足りねえんだよ、気合いが……」

「おどおどするんじゃねえ！」

「わかってんのかよ！」

再び、スリッパが頭上に炸裂《さくれつ》する。

バシッ！　バシッ！　バシッ！

「返事しねえかよ」

「は、はい！」

「おせえんだよ!　マヌケ!」

背後から蹴りが入れられ、三人は前のめりに、倒れかかる。

「おい、右端テメエ、立て!」

真樹は、のろのろと立ちあがる。

「しゃんと立たねえか!　このバカ!」

罵声は更に続く。

「気合いを入れてやるぜ!」

「は、はい。お願いします!」

直立不動で立つ真樹の両頬に、スリッパの往復ビンタが炸裂する。

「よろめくんじゃねえよ!」

更にビンタが加わる。

バシッ!　バシッ!　バシッ!

真樹の頬は赤く張れあがり、鼻血がタラタラと流れ出す。

「次、テメエだ!」

三人の頬が赤く張れあがるまで、さほど時間はかからなかった。力まかせのスリッパのビンタは、頑丈な体格の三人とは言え、きつすぎる私刑《リンチ》だった。

鼻血が、床にポタポタと垂れた。ふらつく肉体を懸命に支える三人は、尚も直立不動の姿をくずすことは許されない。

「壁に両手をついて、ケツをつき出せ」

そのケツを、今度は竹刀が、ぶっ叩く。かわるがわるに竹刀が、先輩の手をめぐり、尻たぶが打ちすえられるのだ。

にぶい音と共に、ケツの肉たぶが、竹刀の形にへこみ、赤黒いアザがついた。

顔をのけ反らす真樹は、歯を食いしばり、必死に激痛に耐えていた。めくれあがった上唇から、呻きがもれる。

刈りあげた頭髪の一本一本に脂汗が溜まり一打打たれるたびに、バッと散った。ましてや、素っ裸の肉体は、しとどに濡れそぼる汗で、ネラネラしていた。

胸板にしたたった鼻血が、汗に混ざり、腹面を赤く汚していく。

「わかったかよ、手抜きが、どういうことになるか?」

「はっ、はい!」

三人が、一斉に答える。

ふりむき、再び、直立不動の姿勢で立つ三人の顔は、腫《は》れあがり、つぶれかかった眼の端は、青黒くなっていた。荒い息に、厚い胸板がせわしなく上下し、立っているのさえやっとのようだ。

画両は、そこで、再び白と黒の波模様とかわった。

第六章

運動部合宿の野郎だけの日々をうつしたビデオが、忠之と雄二の欲情に火をつける。

一時間近く、外の寒気の中で、素っ裸のまま放置されていた真樹の肉体は、冷えきり、唇が青ざめてすらいた。

シャワーを浴びることだけ許され、下半身にへばりついていた己の汚物を洗うと、真樹は、天井から吊り下げられた鎖に、両手の自由を奪われ、Yの字に立たされる。

無理矢理飲まされた酒に、全身がカッと燃え、真赤に火照《ほて》っている。

体温の熱さが、肉体全体を赤く染めあげているのだ。

その肉体に、たっぷりとオイルが塗りたくられる。

ヌルヌルとした、忠之と雄二の手が、真樹の首から下に、しとどにオイルを塗りあげると、二人は、服を脱ぎ捨てる。

股間の勃起は、すさまじい程のたかぶりを見せている。

二人は互いの肉体に、オイルを塗りあい、ヌラヌラとした光沢を帯びた肉体が、電灯の下に輝く。

雄二は、Yの字に固定された真樹の背後にまわると、そのオイルまみれで、ヌルついたケツの肉の谷間に己のサオを突きあげる。

サオは、肉と肉のヌラリとした感触と共に真樹の秘口深く、一気に侵入してくる。

真樹の背中と雄二の胸と腹が、密着する。

「熱いぜ、燃えてるみたいだこいつの肉体」

そう言いながら、前にまわした両手で、真樹の段になって盛りあがった胸板を、ヌラヌラとまさぐり、又、その腋下を撫であげる。

「アアッ!」

真樹は、せつなげな顔で、喘ぐ。

ピンと勃ったサオも、オイルで塗りたくられているのだが、そのサオを、忠之が、両手で挟み、グリグリと擦《す》り合わせるようにして欲情を高めさせるのだ。

「先生よぉ。たまには、ケツを掘られる立場から、掘る立場になってみたいだろ。俺のケツ、味わってみな」

そう言うと、忠之は、クルリと広い背をそえる。

クイッと尻を突き出す格好で、真樹の股間へ擦りつければ、ヌンマリとした肉の感触と共に、真樹のマラは、忠之の秘口に吸いこまれていく。

オイルまみれの三人の肉体が、二本のマラでつながり、密着する。

「どうだ。先生、若い野郎のケツの味は……。こたえられねえだろう」

雄二が言う。

「アアッ! いい、と、とろけそうだ。アッ、しっ、しまる、ウウッ! かっ、感じる」

後ろにまわした忠之の両手が、真樹の脇腹を、ヌラヌラと撫でさすり始める。

「いいだろ? 先生、俺のケツの味は」

「いい、た、たまらない、そっそんなにしめるな。アッ! いや、しっ、しめてくれ、ウッ」

雄二が腰を使い始める。ユラユラと揺れる三人の肉体だ。

雄二の手は、真樹をサンドしたまま、忠之の股間をまさぐり、ゆっくりとしごく。

若い逞しい肉体と肉体と肉体が、一つの目標に向けて、活動し始めたのだ。

真樹は、己のケツの穴深く、えぐり込んでくる、雄二の太く威勢のいいサオを感じ、そして、己のサオを食わえこんだ忠之の弾力のあるケツの圧迫を感じる。

首筋に熱い息をかけ、雄二は舌を這《は》わす。それだけで、真樹の肉体は、どうしようもない程燃えあがるのだ。

肉体をひねり、ふり向いた忠之が、ケツの結合はそのままに、真樹の唇を求めてくる。

突き出した舌に、真樹の舌が絡みつく、唾液が垂れることすら、気にはならない。

両手の自由を奪われている真樹だが、己の肉体を前後から、責められ、恍惚《こうこつ》とした時が、流れていく。

ユサユサと揺れる動きも快感に通じる、肉体と肉体がこすれ合うたび、オイルのヌメリが、毛穴の一つ一つさえ性感を呼びおこした。

「雄二！　もっと、速くサオをしごいてくれよ」

忠之か言う。

「こうか、こうか？」

雄二の手の動きが速くなる。

「ああ、気分、出てきたぜ」

忠之のケツの筋肉が、小刻みに収縮する。そのたびに、真樹のサオがしぼりこまれ、快感が増加する。その快感によって、真樹のケツの筋肉が反応し、雄二のマラをしめつけるのだ。

「アアッ。まるで、マスをかいてるみたいだぜ、お前のサオをしごくと、俺のサオが、感じるんだ」

雄二の声が上ずってきた。

「雄二！　もっと遠く、もっと速《はや》くかけよ」

鎖が、ガシャガシャと音をたてる。三人三様の喘ぎ声をもらしながら、一つの行動に酔いしれる。

真樹の肉体からたちのぼるのは、肌を通じて汗と共ににじみ出てきた酒の匂いだ。その匂いに、雄二はめくるめく酔う。

「いっ、いきそうだ」

忠之が言う。

激しく、雄二の手が忠之のサオをかきあげる。

「あっ、いっ、いくぅ！」

忠之の肉体が、その一瞬、バネのように縮み、一気に弾ねあがる。

それと同時に、真樹のサオが、ギユッと潰れんばかりにしめあげられ、ゆるみ、再び、しめあげられた。

「ウグっ！」

真樹は、忠之のケツの中へ、もらした。

そして、雄二も又、真樹のケツの中へ深くピシバシと汁を吹きあげるのだ。

「で、出ていく、出ていくぜ」

雄二が、途切れ途切れに言う。

「俺の中へ、先公の汁が、打ちつけてくるのがわかるよ」

忠之が言う。

雄二の両手が包み込んでいる忠之のサオもビュビュッビュと幾度となく汁を吐いていた。

やがて、忠之は、ケツからズズっと真樹を抜き取ると、くるりと真樹に向き合い、その肉体に肉体を絡めてくる。青匂い臭いをさせた股間と股間が重なり合い、雄二の背にまわした両腕に力がこもる。

「最高だぜ」

「ああ！」

雄二が答える。

「この肉体、俺達の好きにできるなんてさ」

そう言いながら、忠之の唇が、真樹の唇に重なる。

その真樹の耳たぶを、雄二の歯が軽く噛んでくる。

真樹は、忠之の唇を貪りながら、尚も己のケツの中で堅さを失う様子もなく、グビュグビュと穴を圧している雄二のサオの充実感を感じていた。

もはや、忠之と雄二の肉体なしでは、この肉体が満たされないことを知っているのだ。

間もなく吉田も姿を現わすだろう。忠之と雄二の見ている前で、吉田は、俺の肉体を、どんな風にいたぶり、もて遊ぶのか、どんなえげつない姿を強いるのか。

その時が待ち遠しい真樹だった。

初出　「さぶ」一九八七年四月号

体育教師

第四話

第一章

　玄関で呼鈴が鳴っている。横で寝ている吉田は、ベッドから降りると、床の上で丸まっていたトランクスを穿《は》き、裸のまま出て行った。

日曜の朝だ。頑丈なだけがとりえのセミダブルのベッドは、この家に引っ越してきた折に、吉田が持ち込んできたものだ。

「おはよっす!!」

　玄関の方で雄二の声がする。

「寝てたんですか、悪かったかなぁ!!」

　忠之だ。

「あがれ、あがれ!!」

　吉田が言うと、靴を脱ぐざわつきがし、やがて、ドカドカと足を踏みならす音と共に、三人は真樹の寝室へと入ってくる。

「丁度、眼が醒《さ》めたところだ。朝勃ちの一発を抜くところだったからな」

そう言いながら、吉田はベッドの横に、ツカツカと近付いてくる。

「なっ!!　真樹よ!!」

と言いざま、掛け蒲団を鷲掴《わしづか》みにし、バッとひっぱがす。

忠之と雄二は、そこに寝転がされた真樹を見、ニヤッと笑う。素っ裸の真樹の肉体には、使いこんだロープが絡みつき、両手の自由を奪っているのだ。手首を縛られた両腕は、頭の上に万才の形に伸ばされ、腋下もあらわだ。ぶ厚い胸板には土日の二日だけ装着される肉奴の印の鉄輪が乳首の肉に貫かれ、鈍い金属の光を発している。

肉の山のような盛りあがった、筋肉質の胸板は、なだらかなカーブを描いて、引き締まった腹へ続き、股間には、細紐でくくられたサオが、その剥《む》けきった先っ穂を晒《さら》して、ピンと突き勃っている。

今しがたまで、吉田の野太い指が、そのサオに絡みつき、若い雄肉のいきり勃ちの感触を楽しんでいたのだった。

「挨拶をせんか!」

吉田は、ベッドに腰掛けると、真樹の頬をバンバンと気易く叩きながら言う。

「ウッス!!」

真樹は、忠之と雄二の見下ろす中で、教師である自分の素っ裸の恥態を晒《さら》したまま、言う。

その真樹の股間から腹へ、又胸板にかけてのゴワゴワの半透明の汚れは、昨夜、吉田の手で飛ばされた汗の乾いた跡だ。

昨日、忠之と雄二が遊んだ時にはあった、股間の黒々とした剛毛の繁茂は、今朝はすっかりなくなり、ツルツルになった股間の中央にそそり勃ったサオを、更に淫乱に見せている。

二人の視線をそれと察した吉田は、そのスベスベの真樹の股間をさすりあげながら言う。

「そろそろ邪魔臭い程モッサリと茂らせていたから、ロウソクの火であぶり焼いたのさ」

吉田は、さも当然のごとく言う。

「先生、ひと声かけてくれればいいのにさ。ジワジワと時間をかけて、なぶり焼いたんだろ!?俺、見たかったたな、なっ？　忠之!!」

「ああ、手伝い位、したっすよ」

吉田は、ニヤニヤしながら、二人の成長ぶりを見ている。

「そう口をとがらすな、今日は、どうする、俺は朝食前にこのマラを静めてやるつもりだが」

と言いながら、吉田はテントを張っているトランクスをサッと脱ぎ捨て、二三度と、そのマラを片手でしごきあげる。

雄盛りの吉田のマラは、黒光りするほど、使いこまれ、むくれきった先っ穂の一つ目をカッと見開いて、真樹を威圧している。

「お前ら、先に食ってるか、それとも、こいつを犯るのを見ているか？」

そう言うと、後の判断は二人にまかせて、真樹の太股を両手でグイッとおっ開かせるのだ。

当然のごとく、二人は見世物の観察に決めたようだ。

吉田は、二人が居ようが居まいが、朝の行事の常の通りに取りかかる。真樹の股の間に肉体をすえ、片手に持った電動マラのスイッチを入れると、ブーンと音をたてて、その先端が、淫らな動きでクネクネと動き出す。

「舐めろよ、真樹!!　好物だろ!!　お前のケツの穴の中に入りたいって、うなずいてるぜ」

吉田は、真樹の口先へ、そのウネウネと動きまわる電動マラを突き出す。

「ウッス!!」

真樹は首だけヒョイと起こし、そのマラをすっぽり口に食わえる。食わえ込んだ唇が、小刻みにブルブルと震え、頬の皮が、ムックリとふくらみ、そしてへこんだ。

「忠之も雄二も見てくれるらしいぞ。うんとみだらにえげつなく、お前がどういう教師か見てもらいな」

真樹は舌を、その電動マラの側面に這《は》わし舐《な》めまくり、己の唾液でまぶす。

「そのくらいでいいだろう」

「ウッス!!」

電動マラから滴《したた》った唾液が、真樹の肉厚い広い胸板に、タラリとたれた。

「欲しいって言ってみろ!!」

「ウッス!!　欲しいっす」

「心がこもってないぞ。もう一回、言ってみろ!!」

「ほっ、欲しいっす」

「どうして欲しいんだ」

「ケ、ケツを、えぐりまくって、欲しいっす」

教え子の前で、吉田の手によって、己の教師という仮面をひっぱがされることに、真樹は既に、何のためらいもなかった。
かえって、授業中に、忠之にしろ雄二にしろ、真樹の言うことを素直に
「ハイ、先生」
と答えられ、その視線が合った一瞬に見せる二人の意味深長な眼差しに、顔の火照《ほて》る真樹なのだ。

第二章

唾液にまみれてネットリとした電動マラを吉田は、おっ広げさせた真樹の股間に近付ける。

「ほら、入れてやるぜ」

そう吉田が言えば、真樹は、両脚を折り起し、ケツをヒョイと持ち上げる。吉田の前に己の秘口を突き出すあさましい姿を、忠之と雄二が凝視《ぎょうし》していることで、真樹の肉体はいっそう燃え、サオはカチンカチンに聳《そび》えかえった。

吉田は、電動マラを、真樹のケツの穴に当てがう。グチュグチュと、肉と肉がこすれあう湿った音が響く。

「せっ、先輩‼　ズブッと一気に、頼みます」

吉田は、だが、秘口に当ててから、しばらく真樹を焦《じ》らす。

「濡れて開くんだ。ケツの穴が、欲しい欲しいって言い始めたらえぐりこんでやるさ」

「アアッ!! 先輩!!」

真樹のサオから、ジワジワと先走りの露があふれ出し、欲情した体臭が次第に濃くなる。

「開いてきたぜ。どうだ、欲しいか」

「ウッ!!」

吉田の手に力がこもる。その太い二本の腕の筋肉が、ムクッと盛りあがる。

ブーンという音が一段と高くなった瞬間、ヌムッと肉ひだが開き、先端が真樹の中へ侵入した。

「アウッ!!」

せつなげな雄の悲鳴と共に、真樹の眉が、キュッと眉間に縦ジワを作る。開いた唇から白い歯がこぼれる。

電動マラの音が、次第にくぐもったものとなっていく。

「あんなぶっといのを、食わえこんじまったぜ」

雄二が言う。

吉田は、ニヤリと笑うと、その電動マラを深々と突き入れ、そしてゆっくりと抜き取る。薄く開いた肉ヒダは、閉じる直前に、再び、マラをねじりこまされる。

出したり入れたりの繰り返しの中で、真樹のケツの穴は、その太いマラを自然にスムーズにくわえこむようになっていた。

吉田は、そこまでいくと斜めに入れたり、入れたままグルグルとまわしたりと、自在にバリエーションを変えて、真樹を犯した。

「アアッ!! アッ!! アーッ!!」

もだえまくる真樹の狂態は、次第に激しくなり、一時も落ち着くことはない。頭を振り両脚を震わせ、胸板を上下させ、腹をへこませ、サオをブルンブルンとまわして、喘《あえ》ぎまくるのだ。

「感じているか、エッ！　どうだ、真樹よ」

「ウッウッス！」

絶え間なくにじみ出る先走りの露が、真樹の筋肉の波打つ腹の肉を汚していく。その先っ穂を、吉田は指先で挟み、グリグリとこねまわす。

「いい色になりやがって、使いこんでるのが一目瞭然《りょうぜん》だぜ」

「うっ、嬉しいっす。もっともっと、きつくこねあげて欲しいっす。サオの先が、ジンジンしてるっす」

「こうか、エッ？　こうか？」

形が潰れるほど、吉田は真樹のマラをいじくりまわす。ネトネトになった先っ穂から滴る露を、細紐が吸い、濡れていく。

ハーッ、ハーッ！　と荒い息使いは、野獣の呻き声に混じり、それは、だんだん、ためらいのない、露骨な欲情の咆哮《ほうこう》となっていく。

頃もよしと見たか、吉田は、電動マラを一気に引き抜くと、真樹の両脚を持ち上げ、自分の肩に乗せる。

ニョッキリと勃起した吉田のマラは、グビングビンと盛んに首を振りたて、若い雄の肉穴を求めてやまない。

ねらいを定めると、吉田は、グイッと腰を突き当げ、真樹のケツを貫いた。

忠之と雄二の見つめる前で、成熟しきった雄が、若い雄を犯し始める。

鍛えあげた形の良い吉田の尻が、ダイナミックな力強さで、前後に、グッグッグッとつきあげ始める。

眉間にシワを寄せ、鼻腔《びくう》をひくつかせて、真樹は犯られまくる快感に酔いしれる。

二人の筋肉質の肉体と肉体の絡み合いは、ユッサユッサと揺れ、ベッドがきしんだ。

「忠之と雄二が見てるぞ、お前の教え子がな。お前が、ケツを掘られてよがるのを……嬉しいか？」

「ウッス!!」

「もっと、締めろ!!　そうだ」

吉田にケツを貫かれ、斜めに倒れた状態の真樹の肉体から、吹き出た汗が、顔の方に向かって、ダラダラと流れ伝った。

「おい、雄二!!　そこのロープを、こいつの首に巻け」

「は、はい!!」

雄二は、ロープを真樹の太く逞しい首にひと巻きし、ジワジワと締めあげていく。

呼吸が止まる寸前のところまで、ロープは真樹の首の肉に食いこむ、赤く色を変えていく真樹の顔。苦しさと快感の境を、真樹の肉体は知っている。

「忠之、こいつのサオを揉んでやれ」

「はい!!」

忠之の手が細紐にくくられ、ピンと勃った肉棒を握ると、それを愛撫し始める。ケツの充実感と、サオの快感と、首を締めるロープの苦痛が、一体となって、真樹の肉体を責めあげる。締められ、赤筋をたてた首筋の血管が、グビッと動く。

「ぶちこむぜ」

吉田の掛け声と共に、吉田の尻がグッと突きあげられ、その根元までズブズブと真樹の中へ侵入する。それから腰の動きが一段と激しくなる。

そして、己のケツの奥深くで、吉田のサオが、グビッグビッと膨脹《ぼうちょう》し、熱いものが、肉壁に叩きつけられる。

「ウッ、ウウッ!!」

真樹は、スッと落ちた。失神した。それは甘美な苦痛だった。

落ちながら、真樹のマラは、汁をあふれ出させる。白濁した汁が、とめどなくあふれ、真樹の腹筋を汚し、ゆっくりと胸板の方へと流れ出す。

暗くなっていく意識の中で、真樹は、強制射精させられていることだけを知覚していた。苦しい呼吸の中での射精が、今まで味わったことのない快感を、真樹の肉体に覚えさせたのだ。

「こいつ、のびちまったぜ」

雄二の声が遠くで聞こえた。

「見ろよ。それでも、汁だけは、飛ばしてるぜ。溶岩みたいに、ドロドロと出してるぜ」

忠之の声が……。

闇——

第三章

朝食後、忠之も雄二もバイクサポーター一丁の裸体となる。盛んに繁茂した腋下の健康そのもののの剛毛の繁みが、すっかり筋肉をつけてきた腕の間からはみ出ている。それは、又、小わきのサポーターの両脇からの陰毛にもあてはまる。

「二人とも、ごつい肉体になってきたな」

吉田は、椅子に腰かけ、二人を交互に自分の前に立たせ、その剥き出しの肉体の、はちきれんばかりの若い肉の感触を、手で確認しながら言った。

「くすぐったいよ、先生!!」

自分の肉体を誉められて、悪い気も起こしようもなく、そう言いながら、吉田の手を逃げようとしない二人だ。

「おい、もうこんなに勃てちまったのか」

吉田は笑う。雄二も忠之も、顔を見あってクスッと笑う。サポーターの前袋一杯に脹《ふく》れきったサオの形があらわに見える。

「さかりきりやがって……」

笑いながら言う吉田の顔は、満足気だった。

「見せろよ。お前らの交尾を……」

そう言うと、吉田は椅子をどかし、床に胡坐《あぐら》をかく。

「エッ‼　恥ずかしいすよ。なっ、忠之‼」

「ウン‼」

とは言え、雄二も忠之も、その手は既にサポーターのゴムにかかっている。

脱ぎ捨てたサポーターを放り捨てると忠之は床に横たわる。その肉体に重なって雄二も又、横たわる。

「真樹‼　こっちに来い」

吉田は言うと、真樹を床に這いつくばらさせ、そのケツを、自分の方に突き上げさせる。

「お前、合宿の時を覚えてるか。よくやらされたっけな。夕食後のフリータイムに……」

そう言いながら、吉田は二本の指を立て、真樹のケツの穴にねじりこむ。

「ウッス‼」

「新入部員の必ず通らねばならないしごきだったよな。上級生が、今の俺のように床に胡坐かいて、円陣を作って見守る中で、お前ら、顔を真っ赤にして恥ずかしそうに、互いの裸を撫であってたな。罵声《ばせい》があびせかけられて、雄と雄のマナ板ショーだ」

吉田は、指先で、真樹のケツの奥を、チロチロと刺激し続ける。吉田の眼の前では、互い違いになった忠之と雄二が、互いのおっ勃ったマラをしゃぶりまくっている。

たて膝ついた忠之のケツの穴が、あらわに。見える。

その秘口を、雄二の指が揉んでいる。

二人のたてる喘ぎ声が一段とたかまる。

吉田はニヤリと笑いながら、その狂態を見つめる。その手は、真樹のケツの穴をえぐりながら……。

「舐めろって言ってもなかなか舐めなければ、ビンタをくらわせてな、強制的に舐めあわさせたっけな。合宿中は、新入部員は、風呂はおろか、シャワーすら浴びさせないから、プンプン臭いやがってな。カスがびっしりついてる先っ穂を、首根っ子押さえつけて、顔中にこすりつけて、無理矢理しゃぶらせたが、そのうち、その気になりやがって、喘ぎ声をあげ始める頃には、まったく面白え見世物さ」

雄二の人指し指が、忠之の秘口にズブリと立てられる。見えないが、忠之の指も又、雄二の秘口にぶっこまれているに違いない。

雄二は口をすぼませ、忠之のマラを出し入れする。その側面に舌を這わし、鈴口をエロエロと舐めまわし、双玉を一つ一つ吸いこんで遊ぶ。

「黄白色のネチッこいカスを顔中につけて、汗かきながら、相手のおっ勃ったサオをしゃぶるのは、滑稽だったぜ。真剣な面して、えげつないことしてるんだからな。鼻がひんまがりそうな臭せぇサオを、舐めまくるうちに、たえきれずに、射精しちまう。その時の表情のおかしいったらなかったぜ。腹かかえて笑ったぜ」

ピンと勃起した真樹のモノを、吉田はあいているもう一方の手で、その幹の部分を撫であげている。

「口一杯に放出された汁を出す訳もいかず顔をしかめて、飲み干すと、吐き気を催して、もどしちまったのは、お前だっけな」

「ウッ、ウッス‼　違います、あれは勇だったと思います」

「そうだ、勇だ。罰として、俺達全員の尺八をさせたっけな。合宿が終わるころには、尺八がうまくなりやがった。毎晩の特訓がきいたようだな」

「ウッス‼」

と、その時、雄二が叫ぶ。

「先生、いきそうっす」

「おっ、俺も……」

と忠之。

「よし、盛大にぶっ放しな。但し、汁は口に溜めておけ、真樹に飲ませてやろう」

そして、二人の肉体がビクッと震えると、尻の筋肉が堅くしまり二人は、性を吹きあげた。

吉田の手が、真樹のケツの穴から抜き取られると、真樹は正座させられ、忠之の手が、その顔を抱えこむようにして、精液の臭いのぷんぷんする顔を重ねてくる。

真樹は口を開き、忠之を見あげる。忠之の閉じた唇が、わずかに開く。赤い舌の上に、白い汁がネットリと溜まっているのが見えた。

唇と唇が重なり、忠之の唾液の混じった雄二の出したての生ネクターが、真樹の口の中へ流し込まれる。

忠之が身を離すと、待ちかねたように雄二が真樹の両頬を両手で挟むように抱き、その口一杯に溜めた忠之の汁を注ぎこむ。

雄二の舌が、真樹の中へつき入れられ、精液の混じった舌と舌を絡めあうのだ。

濃厚な二人分の汁は、真樹の口の中で混ざり、喉をヒリヒリと刺激した。

第四章

椅子の上に、胡坐をかいて坐らされた真樹は、素っ裸の裸肉のイーゼルだ。

ピンとおっ勃ったマラは、吉田の前では当然のこと、剛毛をすっかり焼かれて、薄黒い跡だけ残した状態なので、脚の毛が、余計にみだらに見える。

ひと汗かいた忠之と雄二は、シャワーを浴び、タオルを腰に巻いている。

吉田も既にシャワーを浴び、サッパリとしているので、朝のなごりの汁の臭いをさせ、汚れた肉体のままでいる真樹を、みじめな思いにさせるのだ。

「写真の引き伸ばしが出来たからな」

吉田と真樹が正月休みを利用して旅行した折の写真だ。

その写真を、素っ裸の真樹に持たせて見ようというのだ。

真樹は、吉田から渡された写真を、己の胸のところに持ち、三人に見せる。

それは、野外プレーの証拠写真だ。写真の中に裸体を晒す真樹がいる。その裸体写真を持って、素っ裸の真樹が、股間をおっ勃てて胡座をかいて、見世物となっているのだ。

ニヤニヤ笑う三人の視線が、やけに嫌らしい。吉田はともかく、教え子である忠之と雄二の前で、己の恥態を撮った写真を、素っ裸の姿で持つことに、真樹は赤面した。

◆一枚目の写真

冬枯れした山を遠景に、老木の太い樹の幹に、両手首を荒縄で縛られ、吊り上げられた真樹の写真。

かろうじて、両足は地につき、大股を開かされている。腰をつき出させられた股間は、黒々と繁茂した剛毛の中から、ニョッキリと天をついて、マラがそそり勃っている。

そのマラには、南天の赤い実も美しい小枝が、尿道につっこまれ、肉棒が支えているのだ。

短く刈った頭髪、濃く太い眉を一文字に、雄臭い顔が、正面からカメラを見据《す》えている。

鍛えあげられた筋肉質の肉体は、限界まで引き伸ばされ、南天の小枝を、マラ一本で支えるアンバランスさが、迫力あった。

「サオに、南天の枝をねじりこむ時、『痛ぇ痛ぇ』と、暴れまくってな、押さえつけて、引導を渡すのに手間がかかったぜ。で、ねじりこんだはいいが、へしゃげて肉団子みてぇになっちまったサオを、整形するのが、又一仕事だ。慣れさせておっ勃てさせてパチリってとこかな」

吉田が解説する。その解説の間、真樹はただじっと写真を持っていなければならない。

吉田の説明を聞けば、しかし、股間のマラは、興奮を静めようとはしない。写された時が、脳裏によみがえってくるからだ。

そんな真樹のさまを、忠之と雄二は、ニヤニヤ笑いながら見ていた。

◆二枚目の写真

泥田の中に、あお向けの真樹の裸体、両腕は、背で高手小手に縛られ、その分盛り上った胸板が、やけに強調されて見える。

もともとがぶ厚く、広い胸板が、泥田の中で、弓なりに盛りあがっているのだ。

頭はのけ反り、半分以上が泥田の中にめりこんでいる。キッと閉じた眼は、何を意味するのか。とび散った泥が、顔から胸に点々とつき、胸板には、それとわかる足の踏みつけた跡が四ケ所ある。

泥々になった太く逞《たくま》しい脚は、蛙のような形に開かれ、その股間を、吉田のものと思われる毛深い足が踏みつけている。

周囲の泥は、凍って冷たく見えるのに対し真樹の肉体にへばりつき、汚れた泥が、ネットリと見えるのは、真樹の体温の熱さのためかも知れない。

吉田の足は、親指と人指し指で、真樹のマラを指で挟みこみ、泥まみれの股間に、そこだけ、赤黒い生々しい肉の色を見せている。

射精させられた直後なのか、腹から胸板にかけて、泥の色の中に、点々と白い飛沫が散り、サオのつけ根のところには、明らかにそれとわかる白濁したゼリー状の固まりが、たっぷりとこびりついていた。

「カメラをかまえたまま、こいつの股間を踏み揉んだのさ。泥田は凍って冷たいのに、こいつのサオは、カッカと燃えて、熱いくらいだったぜ」

「肉体が凍っちまう位、寒いんだろ、俺だったら、ヤダね」

雄二が言う。

「こいつは、俺の言うことには逆らわない。この肉体が、俺の味を忘れられなくなっちまっているからな」

吉田が言う。

◆三枚目の写真

大根を干していたらしい竹ザオに、両脚を掛けて、逆向きに下げられた肉体。肩で地面についたZ字型の裸体、両腕は、前の写真と同じ高手小手に背で縛られている。

股間のサオは、ガムテープで腹に貼りつけられ、三センチ程はみ出たサオから、盛んに放尿している。

腹に貼りついたため、サオからほとばしり出るションベンは、真樹の腹から胸板へ、一条の滝のように流れ落ち、首から顔へかけてしぶきをあげて濡らしていく。

大気の冷たさか、湯気をたてて流れる滝は明らかに、真樹のたれ流されているションベンだ。

「眼を開けて、テメエのションベンをもらすのを見てろって言ってな。無理矢理飲ましたから、かなり長いこともらしてたぜ。五六枚撮ったが、中で一番うまく撮れたのがこいつさ。見てみな、ションベンまみれの面を、それでも、ちゃんと眼を見開いて、自分のサオを見ているから可愛いじゃないか。

ガムテープをビッとはがしてやったら、へばりついていた毛が抜けて、ヒワイなガムテープになっちまったぜ、なっ!!」

「ウッス!!」

ズキズキと興奮に脈打つ真樹のサオは、たえまなく先走りの露をあふれ出させていた。

◆四枚目の写真

霜柱のたった地面に、枯れ葉が朽ちかけている。

胡座をかいた姿勢から、そのまま横倒しになった、あお向けの真樹の裸体。

両腕は、頭の下に腕枕を作り、腋下をさらしている。放心したような眼差《まなざ》しがカメラを見つめている。

マラは激しく天をつき、剥けきった先っ穂は、テラテラと光沢を帯びている。

そして、その股間には、何十匹ものミミズが、ヌラヌラとした粘液にまみれた灰桃色の体をくねらせているのだ。

胸板に二匹這いのぼり、脇腹を落ちかけ、組んだ脚の毛深い中をうねり、しかし、その大部分は、真樹のサオに絡みつくように股間で重なり合い、のたくっている。

「ウッ!!　気持ち悪い」

忠之がしかめっ面をして言う。

「ミミズが這いまわる度、こいつは喘ぎ声をあげたんだぜ。気持ち悪いどころか、快感さ。飼育されていたミミズが、テメェのサオをこすりあげてくれたってわけだ」

何十匹もの、ミミズの中で、ビンビンに勃ったマラは、粘液にまぶされ、生々しい程の光沢を帯びている。眼なしのミミズと一つ眼の巨大なミミズの絡みあいが、淫乱な感じを与えている。

まるで、妖虫に犯されていく若者の被虐図のような、不思議に欲情をそそる写真だ。

そのヌメついた肉体と、混って枯れていく落陽の対比。快感に放心した表情と、筋肉質の肉体の調和が、あぶら絵のようだ。

「たまらなくなったとみえて、この写真を撮った直後に『かかせてくれ』って哀願してな。『おう。かけ!!』て言ってやると、すさまじい勢いでかきまくったぜ。

潰れたミミズの粘膜が、ドロドロして、それごとかきまくるものだから、迫力あったぜ。たて続けに二発、飛ばしたっけな?」

「ウッ、ウッス!!」

真樹は赤面しながら答える。

その真樹のサオは、今や、グピングピンと鎌首を振りたて、露を四方にとび散らせている。

静止し続けねばならぬ上半身と、股間をしとどに濡らしていくサオの傍若無人さが、凝視する三人の笑いを誘う。

無毛の股間に、その完熟しきったズル剥けのサオが、やけにふてぶてしく見えるのだ。

「真樹先生は、思い出し興奮で、サオが、せつない程、おっ勃っちまってるようだぜ」

吉田がふざけて言う。笑いころげる忠之と雄二。己のあさましくおっ勃った性器を、これほどまで露骨に、教え子の前に晒さねばならない真樹なのだ。

◆五枚目の写真

太い樹の根元に、両腕が吊り上げられ、万才の格好をさせられた真樹。

両足首を一つに荒縄が縛り、肉体を二つに折り曲げる姿で、これも又吊り上げられている。

素っ裸のUの字の太股の間から、厚い胸板と顔がのぞいている。

ケツは、谷間もあらわに、こちらを向き、その秘口には、太い西洋ニンジンが、頭だけ飛び出させ、そのほとんどを穴にぶちこまれている。

ニンジンの丸い形に、限界まで伸ばされた肉ヒダは、ピンと張りつめ、いかにしっかりニンジンを咥《くわ》えこんでいるのかわかる。

脚の間から見える雄臭い顔には、多量の精液の白濁したゼリーが、いたるところにへばりついている。

「縛りあげたところで、面の前で、マスったんだ。濃い汁を顔にぶっかけられて、嬉しがってるところだ」

吉田が言う。

「ケツにねじりこんだニンジンを、出し入れして遊んでやってるうちに、せつない声をたてやがるから、たまんなくなったという訳さ」

それはすさまじい爆発だったに違いない。至近距離から、己の顔めがけて飛んでくる汁は、ピシャピシャッと音をたてて、真樹の顔を、汚したのだ。

「この後、ケツからニンジンを引き抜いて、顔にへばりついている俺の汁を、たっぷりまぶして食わせたってわけだ。うまそうに食ってたぜ」

吉田は言うと、真樹に同意を求める。

「ウッス‼　うまかったす」

「さてと、ならば、うまいニンジンのお返しを、お前のイモで返してもらうか」

そう言いながら、吉田は立ち上がり、真樹の手から、引き伸した写真を取りあげるのだ。

第五章

「さっき、雄二達がさかっていた時に、こいつのケツの穴に、俺が指を突っこんで遊んでいたのを覚えてるか?」

「そう言えば、先生、やってたなぁ‼」

雄二が言う。

「あの時に、ケツの穴の中に座薬を押しこんでおいたんだ。西ドイツ製の催淫剤だ、鼠蹊部《そけいぶ》の裏にな」

「催淫剤?」

忠之が、けげんな顔で聞く。

「サオがおっ勃ってくる薬さ」

雄二が教える。

「二時間は、勃ちっぱなしという奴だ、よく利くぜ。見てみろ‼ 真樹のサオを‼ ビンビンだ」

部屋の中央に置かれた特製の椅子に、大股開きの姿で、両脚を縛られ、坐る真樹を指差して、吉田が言う。

「多少いたぶっても、サオのおっ勃ちは、どうしようもない程、さかりまくってるぜ。ギャーギャー騒ぐとうるせぇから、ほら、忠之、このガムテープで、口をふさげ‼」

忠之は、布製のガムテープを、ピリリと引き裂くと、真樹の口に、ベッタリと貼りつける。

両腕は、ロープに縛られ、万才の格好に吊り上げられるのは、いつもの通りだ。剃りあげるたびに濃く太くなっていく腋毛を晒すことで、真樹の盛んな若さを見るのだ。

「さあて、真樹よ、お前の強健な肉体を、たっぷりといたぶってやるか」

そう言うと、吉田は、アルコールをしめらした脱脂綿を取り出し、真樹のおっ開げた股の間にしゃがむ。

そして、そのズキズキと逞しく反りかえった肉棒をていねいに拭くのだ。

冷たいアルコールの刺激に真樹は身もだえる。だが、固定された肉体は、身じろぎも出来ない。と、吉田が銀色に光る針を取り出すではないか。

ニヤリと笑う吉田。

眼を見開く真樹。だが言葉は奪われ、ただ
「ウーッ、ウーッ‼」

と呻くだけだ。

吉田は、真樹の消毒されたイモを、数度、握って撫であげると、剥きあげた皮のわだかまりを摘まみ、ブスっと針で貫く。

肉の貫く激しい痛みに、真樹はのけ反る。胸板が荒々しく上下し、脂汗が吹き出る。

「ウグッ!!」

見おろせば、己のサオの先っ穂のくびれを、一本の針が、貫いている。赤いふくらみは、にじみ出てきた血の固まりだ。

吉田は、肉棒の両側につき出た針に、細紐を掛け、それを天井から下った鉄輪に通す。

真樹の眼の前には、己のサオからつながった細紐が、二本、その一本は、先を吉田の指が握っているのか見える。

吉田は、その細紐の先に小さなバケツを結える。

手を離せば、小さなバケツは、真樹のサオをキン吊り状態にするだろう。

肉を貫いた針が、引かれ、ひきつるような激痛が、真樹の全身をかけめぐる。

「ウーッ!! ウーッ!!」

タラタラと血が、肉棒を伝う。

そのすさまじい地獄責めの開始を、忠之と雄二は、眼をギラつかせて見つめる。

「さて、バケツの中に、一個ずつ分銅を入れていくぞ」

吉田は言い、真樹の苦痛にむせぶさまを楽しみながら、バケツの中へ、分銅を投げ入れるのだ。

一個投げこまれるたびに、真樹の眉間には痛みをこらえるシワが深く刻まれ、吊りあげられた手が、硬く握りしめられる。

「忠之、雄二!!　よく見とけ、雄責めは、こうやって楽しむもんだ。一丁前の肉体の雄だから、どうだ見ごたえがあるだろう。マラをいじくりまわして、汁を絞る程度じゃ、まだ高校生のお前ら程の遊びだな」

吉田は更に一個、分銅を加える。シャランと音をたてて、バケツが重みを増す。それに比例して、真樹のキン吊りが厳しくなる。

両脚を椅子に固定されている為に、身動きも許されない真樹なのだ。

「おい、見てるだけじゃ、つまらないだろう。雄二!!　こいつの素っ裸にも、見あきたろうが、少し飾りたててやれ!!」

「はっはい!!　でも、どうやって?」

「ホッチキス、持ってきな」

「はい!!」

雄二が真樹の机の中をかき重ぜ、ホッチキスを持ってくるまでに、吉田は更に三個分銅を加えた。

ピンと張った細紐が、真樹の顔の前で二本の直線を作っている。

「持ってきました」

「おう、そいつで、こいつの肉をつまんでカシッと力を入れれば、針が肉に食いこんでキラキラときれいだぜ」

それを聞いて、真樹は、顔を左右に振り、嫌がるが、どうしようもないことなのだ。

雄二は、ホッチキスの針を、吉田のやったようにアルコールで消毒すると、真樹の厚い胸板の肉を挟みこみ、グッと力をこめる。

くさび形の二本の針先が、真樹の筋肉の張りつめた、逞しい肉を刺し、食いこんだ。

「ウウッ!!」

痛みが更に加わる。だが、催淫剤のためか真樹のマラは、いっこうに衰えを知らぬかのように、たけだけしくおっ勃ち続けている。

雄二は、続けてホッチキスで、真樹の肉を挟み、針を植えつけていく。

それは、真樹の広い胸板に、一つの文字を作っていくのだ。

エ・ロ・ブ・タ
形は、いささかいびつだが、しかし、確かにそう読める。

にじみ出た血が、厚い胸板を伝い、無毛の股間をめがけて、流れていく。

「忠之、椅子の下にもぐってみろ。この椅子は中央に穴が開けてあるから、ケツの谷間がよく見えるぞ」

吉田は、今や、分銅を全て、バケツの中へ放り込み、一服つけているところだ。

忠之は、言われるままに、椅子の下に、あお向けに横たわり、見あげる。

「電動マラを取ってやれ、雄二!! 忠之、こいつのケツの穴へ、電動マラをねじりこんでおけ!!」

そして、真樹のケツは、再び充足し、その奥深くでうねりまわる電動マラに泣かされる。

「おう!! 記念写真を撮るぞ、お前らも、サポーターを脱いで、素っ裸になれ。……おっ、威勢よく、おっ勃ててるじゃないか」

雄二も忠之も、股間のすさまじいたかぶりを隠そうともしない。

「真樹をはさんで、両側に立て」

くわえ煙草のまま、吉田が言う。

真樹の両側に、二人の素体が並ぶ。すっかり雄臭くなった体臭が、ムッとする。

勃起した股間を誇らしげに、前につき出し両足もやや開き、休めの格好だ。

「いいか、もう少し待てば、ケツにぶちこんだ電動マラが、こいつのイモを、はちきれんばかりに張《ふく》らませて、汗を飛ばすからな。下を向いてるぞ。髪の毛を掴《つか》んで、真樹の顔をこっちにむかせろ!!」

忠之の右手と、雄二の左手が、真樹の短い頭髪を無理矢理鷲掴みにし、グイと上を向かせる。

胸板の「エロブタ」針文字が、冷たく光る。しとどにかいた汗が蒸れ、盛んな体臭を発散させている。

やがて、絶頂を迎えるであろう真樹に、カメラのピントを合わせる。

「いい写真になるぜ」

吉田が言う。

真樹の呼吸が、あやしく乱れ、鼻腔がヒクつき始めた。

苦痛の極限の中で、快感は、更に増すことを、真樹の肉体は知っている。いや、教えこまれたのだ。

真樹、二十四才の春である。

初出　「さぶ」一九八七年六月号

体育教師

第五話

第一章

火曜、午后五時三〇分。

今しがたまで、若い雄の汗と熱気と喚声《かんせい》に蒸れていた体育館も、既に誰もいない。

体育教官室は、その体育館の奥にある。よほどのことがない限り、一般の教員が来ることもなく、講師待遇の二人の教員が、はやばやと引きあげれば、そこは、吉田と真樹の二人の専用ルームの感すらあった。

メッシュのタンクトップに、短いバスケットパンツ姿の真樹は、しとどにかいた汗が伝う、剥《む》き出しの太股や腕を拭うこともせず、タオルを首に掛けて、その教官室へと向かう。

部活が終わった後の、快い筋肉の疲れが、ほちきれそうな四肢に満ちていた。

「おう、真樹か！」

ドアを開けると、トレーナー姿の吉田が、椅子に坐り、煙草をくゆらせているのが見える。

「今、終わりました」

真樹が言う。

八畳ほどの部屋は、簡易ベッド（具合の悪くなった生徒を休ませる）と机二つ、ほとんど家具らしいものはなく、バトンや点数ボードなどが無造作に置かれた殺風景なものだ。

付属のトイレと、かつてはビニールカーテンのついていたシャワー室がある。

ビニールカーテンは、真樹が赴任して以来破損を理由に取り付けられていない。だから真樹がシャワーを浴びる時は、吉田の視線に己の全裸体を見せたままだ。

「先に、汗、流させてもらいます」

拭いてもすぐ吹き出る汗なのだ。激しいトレーニングを、真樹は生徒と共に行なう。だから、体中からしぼり出される汗をシャワーで流すと、爽快なのだ。

タオルを首から外し、メッシュのタンクトップをかなぐり捨てようとする真樹に、吉田の声が飛ぶ。

「そのままでいろ!!」

「…?」

けげんな顔で、タンクトップから手を離す真樹を、吉田はニヤリと見あげる。

「忠之と雄二が来る」

「ウッス!!」

「両脚を肩幅に開いて、手を後ろに組んで動かずに待ってろ!!」

「ウッス!!」

忠之と雄二と吉田がそろう。その瞬間から真樹の立場は、命じられる者となるのだ。

五時三十五分。

教官室のドアがノックされる。

「吉田先生!! いいっすか?」

「おう、入れ」

ドアが開き、学生服姿の雄二が姿を現わす。

吉田が、意味深長なニヤつきをしながら、尋ねる。

「連れて来たか?」

「はい!! 今、忠之が連れてきます」

そう言いながら雄二は、真樹の椅子に当然のように坐り、ニヤニヤしながら立たされている真樹を見る。

「せっ、先輩!! 連れてくるって、誰をですか」

真樹の表情がこわばる。

「心配かよ、先生!! そうビクつくなって!!」

雄二が言う。

「雄二達も、この春で卒業だ。お前の肉体をいじくる時間も、だんだん少なくなるだろうからな」

吉田が言う。

「かわりに、俺達の後輩を作っていってやるんだよ、先生!! 性欲盛りのギンギンした若い肉体がそばにいないと、先生のその肉体が燃えたぎっておさまらないだろう?」

雄二が言う。

「だ、誰を?」

そう尋ねる真樹への答は、その直後に与えられた。

すなわち、忠之がドアを開けて二人の学生服を中へ入れたのだ。

「入ります!!」

いささか緊張した声で入ってきた瞬間、英一は、その異様な雰囲気をすぐに察した。

水泳部の来期のキャプテンである英一を、真樹は知っている。

一年中真っ黒に日焼けした肌といった感じの浅黒い肉体はよく筋肉をつけ、黒く太い眉の下に、くっきりとした眼差しがきつい。

短く刈った髪といい、厚い胸板といい、吉田の好みだ。

そして、その後ろに続く努は、レスリング部の雄二達の後輩だ。

「二人とも、なにをキョトンとしてる。こっちに来い」

吉田が手招くと、二人は真樹に軽く頭を下げ、だが熱い視線でその肉体を見つめながら、吉田のもとへ行く。

忠之が背ごしにドアを閉め、そのまま寄りかかって、真樹を見ている。

こうして見比べれば、雄二も忠之も、たしかに成熟間際の雄の肉体と臭いを漂わせているのに対し、努も英一もこれからの肉体をしている。

そしてこの二人が、真樹にとって新たな雄いじりの加虐者となるのだ。

「せっ、先輩!!」

真樹の許しを乞う言葉を、吉田は冷たく無視する。

「先ずは、タンクトップを脱げ!!」

吉田がニヤリと笑いながら言う。

雄二と忠之は顔を見あわせ、ニヤニヤ笑う。

努と英一の視線が、痛いほど真樹を凝視《ぎょうし》する。

「脱げってんだよ、聞こえねぇのかよ、先生!!」

うつむく真樹の頬を、忠之のビンタが襲う。

「ウッ!!」

顔をしかめる真樹の手が、タンクトップのすそを掴《つか》み、クルリとはぎ取るように、それをかなぐり捨てる。

話では聞かされていたが、今、現実に限の前でくりひろげられようとしている教え子と教師の逆転した雄遊びに、初めはとまどいがちの努と英一も、次第に熱を帯びた欲情の眼差《まなざ》しにかわっていくのだ。

汗まみれの、筋肉質の真樹の肉体が、二人の眼の前で剥《む》き出しにされていく。

「サオを晒《さら》せ!!」

吉田は、更に言う。

既に、真樹は、己の立場を知らされる。

パンツに手をかけ、そのきついゴムごと、一気にずり下げる。

半勃起すらしていないサオが、初めて晒す努と英一の前に、力なくうなだれている。

「勃てるんだよ。いつものように……」

雄二の手が伸び、平手で、モロに真樹のサオをひっぱたく。

両手を後ろに組み、真樹は、新しい二人の前に股間を晒したまま、雄二の平手の荒々しいしごきを、己のサオに加えられるにまかせるしかなかった。

剃りあげられた股間の無毛な肌が、太股の黒々とした剛毛の繁りと、ひわいな対照を見せている。

努と英一は喰い入るように、その一点を見つめていた。二人ともすでに、学生ズボンの股間をつっぱらしているのは、言うまでもない。

バシッ!! バシッ! バシッ
と叩かれるたびに、グッグッと真樹のサオは脹《ふく》らみ、力を溜め、やがて、ビンとおっ勃つのだ。

「すっ、すげェ!!」

思わず、英一が声をあげる。

「どうだ、いい形に反りかえっているだろう。今日からは、お前らも、あのおっ勃ちをいじくって遊んでやれ!!」

吉田が言う。

「ほら、よく見てもらえよ」

忠之が、真樹のケツをバンと叩き、前へ押し出す。

真樹は、ズッシリと重く、根元が痛いほどに勃起しきったサオを、今はどうしようもなかった。

真樹は、努と英一の眼の前まで進む。

「ウッス‼　ウッス‼」

二人に、先輩に対する礼をとって、真樹は後ろ手に組んだ無防備の股間を、グイっと前へ突き出す。

汗臭い、鍛えあげられた肉体の迫力に努も英一も一瞬とまどうが、おずおずと伸ばしたその手は、真樹の厚い胸板の左右にビンとつき出た乳首を抓《つま》み、波打つ腹筋の感触を確かめる。

「遠慮するな、好きにいたぶってやれ」

吉田が言う。

「お前ら、いつも俺達にやられていることを、こいつにやってやればいいのさ。先公だと思うなよ、筋肉ブタだぜ、こいつは……。ブタはブタなみの扱いでいいんだ」

雄二が言う。

「本当に、いいんですか？」

英一が、とまどいがちに尋ねる。

「お前が、にらみつけてるから、英一も努もビビっちまってるじゃないか」

吉田は罵声《ばせい》と共に、履いていたスリッパを脱ぎ、片手に持ちかえると、バシッと真樹の顔面をモロにぶっ叩いた。

「ウグッ!!」

スリッパの形に赤く色を変えていく頬。

「二人に、お頼みしろよ。サオをいじくりまわしてくれとな」

忠之が言う。

「おっ、お願いします、いじくりまわして下さい」

真樹が、ようやくのことで言う。

「何をだよ」

雄二の怒声がとぶ。

「自分の、自分のサオをっす」

努の手が、おそるおそるに伸び、真樹のサオを握る。

「ウッ!! カチンカチンだぜ。ほら、英一、お前も握ってみろよ」

「すっげえ」

英一は、肉茎をさすり、双玉を抓み、次第に露骨に、いじくり出す。

テラテラと光沢を帯びた先っ穂からは、透明な露が、ジンワリとにじみ出てきていた。

「いつも、剃りあげてるんすか」

努が吉田を振り向き尋ねる。

「モッサリと毛を生やすのほ、十年早いからな」

吉田が答える。

「俺、黒川先生の股間は、ミッシリと剛毛が密生してるとばかり思ってた。脚に生えてる毛の多さからすると、あの毛が股間まで、ずっと続いていて、ブリーフの中は、モサモサの毛の森だとばかり思っていたんすよ」

その間も、英一の手は、真樹の肉棒をいじくりまわし、先走りの露に、グッグッにまみれた肉の感触を遊んでいた。

つき出した股間を、教え子の手にもて遊ばれながら、真樹は避けることも許されず、益々、勃起度を増していくのだ。

ひきかけていた汗が、再び吹き出し、その健康そのものの肉体を、しとどに濡らし、ムレムレとした熱気と臭気を盛んに発散していた。

「こいつ、鼻の穴をヒクつかせてきたぜ。英一、今日はその位にしとけ、そのままさすってやると、不作法にも、勝手にイっちまうからな」

雄二のその一言は、ここまでたかぶってしまった真樹の肉体には残酷だ。

英一が手を離すと、真樹のビンとおっ勃ったサオは、グビングビンと何度も鎌首を振りたて、欲情の証しを誇示するのだった。

第三章

「今日は、初対面式だからな。お前が、どれほど淫乱なドスケベ野郎か、努と英一に見せてやるのが目的だ」

吉田は、煙草に火をつけ、フーっと煙を吐く。

簡易ベッドにあがらされた真樹は、壁に背をもたせ、両脚を投げ出した格好で、吉田の次の命令を待たされていた。

真っ赤に充血したサオは、未だ静まることも知らず、ビリビリと小刻みにふるえている。

吉田は膝の上に英一を坐らせ、学生ズボンのジッパーを下げる。

はっきりと山脈を作って、英一の真っ白いブリーフが、黒い布の裂け目から、モッコリともりあがっている。

その山脈を、吉田の手が、ブリーフの上から、ゆっくり上下に撫でさすっている。

忠之は、雄二と場所をかえて坐り、努を、股の間に立たせ、背後から伸ばした手で、努の剥き出しにされた股間を撫でまわす。

膝頭までずり下げられた学生ズボンと、学生服の間に、生々しく猛々しい雄の肉体がのぞき、そのニョッキリと突き出たマラを、忠之が握ってこするのだ。

努も英一も、顔は真樹の素っ裸の恥体を凝視していた。

「大股開いて、ケツの穴が見えるように、ケツを突き出しな」

雄二が言う。

真樹は、言われたままに、頭と肩を壁につけ、体を曲げて、大股を開き、サオから双玉ケツの谷間まで、全てを晒す。

「アッ!!」

努と英一は、ほとんど同時に声をあげる。

なんと、真樹のケツの穴には、丸いプラスチックかゴムと思われる栓がされているのだ。

「抜いて、二人に見てもらえよ」

雄二が言う。

「ウッス!!」

真樹は、片手を股間に伸ばし、その円盤上のゴム栓をつまむ。そして、ゆっくりと前へ引き出し始める。

顔をしかめ、荒い息に厚い胸板を上下させながら……。

ズズッ、ズズッとゴムのプラグは、真樹の秘口から抜き出されていき、やがて、スポッと抜き取られた。

それは、肌色をしたゴム製の男根だった。筋を立て、勃起した形状をリアルにうつしたひとり遊び用の男根だ。

十五センチの長さのそれには、汚物のカスがへばりつき、異臭を発っている。

「あ、あんなものを入れっぱなしにしてるんすか」

努が声をあげる。

「ケツの穴を、雄にえぐられていないと、たまらねぇだろうからな」

雄二が言う。

「でも、あんなぶっといもんをケツにくわえて、それで、授業をやってるなんて、知らなかったですよ、俺……」

英一が言う。その英一のブリーフの中へ、吉田は手をつっこみ、若い肉の感触を楽しんでいる。

「だいぶ、汚しちまったな、きれいにしろよ」

雄二は言う。

きょとんとする真樹に、忠之が言う。

「舐《な》めるんだよ」

「ウッ、ウッス‼」

真樹は、汚物のカスのついた男根を口元にもっていく。

ムっとする臭気に顔をゆがめる真樹。

「好きもんが、雄のマラを舐めまわすのが好きなんだろ、早く、舐めろ‼」

雄二が冷たく言う。

「ほっ、本当に、舐めさせるんすか」

と努。

「当たり前だ。奴隷は、主人の言うことは、なんだってやるぜ」

忠之が言う。

「でも、汚ないですよ」

「そうかな。おい、真樹、汚なくて舐められないか？」

吉田が言う。

「うっ、うっす。いっ、いいえ‼」

「なら、舐めまくれよ」

吉田は言う。

真樹は、口を開き、その男根をほおばる。にがいような味と、臭気が、口一杯にひろがった。

しかし、舐めるしかないのだ。

「なっ、舐めてる」

英一が、驚嘆の声をあげる。

「なんでもやるんだぜ、こいつは、こうされると、肉体がますます燃えちまうんだとよ。エッ!!

そうだな!!」

と雄二。

「ウッス!!」

「さあ、すっかり舐めあげたか」

「ウッス!!」

「じゃあ、また、ケツの穴に出し入れしてひとり遊びしな、二人にじっくり見てもらえ」

雄二が言うと、真樹は、手にした男根を握り直し、ケツの谷間に当てがう。

ピッと閉じていた秘口に押しあて、グイっと力をこめる。

男根の先端が、ヌッと裂け目を押しひらき肉ひだの中へ受け入れる。

「アアッ!!」

口を開き、吐息をもらす真樹。

右手の二の腕の筋肉が、ムラッと盛りあがり、力が加わる。

ゆっくりと根元近くまで突き入れる真樹。

「抜け!!」

雄二が言う。

一度、姿を消した男根が、ズルズルと引き出される。

「ぶちこめ!!」

その繰り返しが、次第に間隔をつめ、せわしなくなっていく頃、ビンビンにおっ勃っていた真樹自身のサオが、欲情しきっていく。

「スッ、スゲェ!!」

英一が口ぐせのように言う。

「どうだ、そろそろ、サオが求めてるんだろ」

雄二が言う。

「ウッ、ウッス!!」

雄二は、ベッドの上に乗り、真樹の肉体を挟みこむように脆《ひざまず》く。学生ズボンは既に脱ぎ捨て、ランニングシャツ一枚の裸だ。

形のよい、筋肉質の尻が、努と英一の視線から真樹の顔をかくす。

その雄二の尻が、ゆっくり前後に揺れ出せば、英一も努も、雄二が何をしているのか、はっきりとわかった。

「いいんですか、先生にサオを咥《くわ》えさせて」

努が言う。上ずった声は、興奮のためだ。

「先生？　どいつが？　お前の眼の前で、素っ裸の肉体を晒して、欲情してやがるあいつがかよ」

忠之の手が、努のサオを撫であげる間隔が速くなる。

「うまいぜ。もっと口をすぼめて、俺のに吸いついてこい」

雄二の尻の筋肉が、ムックリと盛りあがり激しく、突き入れる。

「右手はどうした。ケツを掘ってるか?」

真樹は、己のケツに突き立てた男根を激しく挿入する。

左手は、己のサオをガッシリと握り、キュッキュッキュッとこすり始める。

「ああ、たまんない。あんな卑猥《ひわい》な姿を見せつけられたら、もう肉体が燃えちまって……」

努の声に、忠之がこたえる。

「出しちまいな。いいから……ぶっぱなせよ」

英一も既にメロメロに喘《あえ》ぎまくっている。

そして、真樹は。

口一杯にほおばらされた雄二のサオがいななき始め、やがて生暖かい汁が、ビュッと飛び出すと同時に、自分の肉体の芯から、ひときわ熱いたぎりがせめぎ出し、トロトロにとけた快感に、肉体をまかせる。

銀毛の股間は、ブツプツと汗の玉をうかべシコシコシコと湿った音が連続しだした時、一気にケツの穴深く、ゴム製の男根をつき入れる。

「クッ!!」

バッと散った先走りの露のすぐ後で、白濁した熱い汁が、ビュッピュッと宙に飛んだ。ドロドロとした溶岩のように、それは、真樹の股間を汚し、胸板を汚し、青臭い濃厚な匂いを部屋に満たした。

努が床に飛ばし、英一がそのブリーフの中にあふれ出させた汁の臭気に混じって、教官室は、雄の性欲の臭気に、ムレムレとしていた。

第四章

四日目、土曜日が来た。

部屋着代りのトレーナーを脱ぎ、大型の姿見に裸体をうつしながら、真樹は、厚く段になった腹筋の盛りあがる胸板を、己の手で鷲掴みにし、手形がつくほど強く揉んでみる。

この肉体を、苛酷なまでに激しく鍛えあげることが、既に自分のためではなく、吉田や忠之、雄二のためであることを、真樹は知っている。

家にいる時は、ほとんどブリーフを穿くこともないので、トレーナーパンツを脱げば、素っ裸だ。

股間は、吉田の命令によって、昨夜、自分の手で、すっかり剃りあげていた。うっすらと生えかけていた毛は、だから、その朝、再び、無毛となっている。

火曜に抜いた汁も、あれ以来、はき出していない。たっぷりと溜まっているはずだ。股間が重い。

八時三十分に、雄二が来る。

努と英一に、真樹の肉体をひき渡す日だ。

風呂場に連れこまれ、浴槽のへりに両手をついて、くの字に曲げさせられた真樹の肉体の、つき出されたケツの穴に、たっぷりと石ケン水が注入される。

「十分だ」

雄二が言えば、ゴロゴロと鳴る腹をかかえ雄二の凝視する中で、排泄を耐えねばならない。

「つっ立ってるだけじゃ、面白くないぜ」

そう言えば、脇腹をさす痛みに耐え、脂汗を流しながらも、ばかでかい声をはりあげて春歌を歌わねばならぬ。

腰を前後に振り、勃起したサオを見せつけて、必死の形相でつのりくる排泄感と戦いながら歌いまくる真樹のぶざまな格好を、雄二はニヤつきながら楽しむ。

「よし、出せ!!」

十分たち、すっかり溶けきった汚物を、立ったまま排泄すれば、臭気は、狭い浴室一杯に充満する。

「ケツ!!」

雄二は言い、再び、浴槽のへりに手をかけケツをつき出せば、石けん水が注入される。

三回目には、ほとんど石けん水のみが、秘口から吹き出て、すっかり洗い流されたことを証明する。

「床を洗っとけ!!」

そう言うと雄二は浴室から出ていき、真樹は、己のたれ流した汚物を、ホースの水で洗い流す。

居間で待っている雄二は、真樹の出てくるのを待って、一ダースのゴルフボールを真樹の前に突き出す。

「入れな!!」

どこに？　などとは聞く必要もない。当たり前のことだ。

「ウッス!!」

真樹は、ゴルフボールを手に取り、それを己のケツの穴へ押しこむ。

一個、二個、三個、四個、
次第に腹が脹れていくように感じる。

五個、六個。

挿入するのに時間がかかりだす。許して欲しいという顔で、雄二を見ても、冷たい拒絶と強制だけが返される。

七個、八個、九個、

「よし!!　ほら、穿け!!」

「ウッス!!」

立ちあがっても、尻の奥で充満したゴルフボールが、カチカチとぶつかりあうような気がした。

雄二の投げて寄こしたサポーターは、茶色く変色し、きつい臭気を放っているいつものサポーターだ。

しかも、その前袋は、今しがた出されたと思われる性液で、ベッタリと汚されている。

その汁まみれのサポーターを穿かねばならぬ真樹なのだ。

第五章

「そんな驚いた顔をするな」

汚れきったサポーター一丁の、それも、前袋をその形にくっきりと盛りあげた真樹の迎えを受けて、努と英一はいささか、めんくらったようだ。

「どうだ、なかなかの見物だろう」

忠之は、そう言いながら、雄二の待つ部屋へとズカズカとあがっていった。

努も英一も、しばし、おっ勃ったさまが、露骨にわかる真樹の股間を見つめ、互いに顔を見合わせると、ニヤッと笑う。

「いかすよ、先生!! 忠之先輩の言ってたとおりだ。どんなエゲつないことも、やっちまうんだって!!」

真樹には答えようがなかった。

「筋肉モリモリのいい肉体に、男臭い顔してるから、俺、あこがれてたんだ」

努が言えば、英一もうなずく。

「お前ら、いつまでそこにいるんだ」

奥から忠之の声がする。

英一も努も、当然のような顔をして、真樹の股間を一揉みしながら、雄二達の待つ部屋へと行った。

雄二達は既に、サポーター一丁の裸になって、我家同然の態でくつろいでいる。

「お前らも裸になりな」

忠之が言うと、英一も努も、何のためらいもなく、服を脱ぎ捨て、サポーター姿になる。

こうして、五人の若い雄が、その若さを誇示する裸体を晒《さら》して、いならぶと、壮観ですらあった。

レスリング部で鍛えた雄二・忠之・努と、水泳部の次期部長の英一、そして真樹!!

雄のギラギラとこもった体臭が混ざりあい部屋はムッとするほどだ。

「いいか、けじめだけはつけろ!! 学校ではこいつは教師だ。生徒らしく節度をもって応対しろ!! しかし、ここでは違う。ここではこいつは一匹の筋肉豚だ。どう扱おうと、お前らの勝手だ。俺達もそうしてきた」

忠之が、努と英一に話している間、真樹はただ直立不動のまま身じろぎも許されず、四人の凝視を一身に受けている。

「そうだな?」

忠之が、真樹に返答を求める。

「ウッス!!」

そう答える真樹を忠之は満足気に見る。

「俺、早くまた、先生のナニを見たいんだけれど、ほら、あんなに堅くいきり勃ってるからきっと、スゲェ溜まってると思うんだけれど、あの、あの、先輩!! 本当に、俺がそう言えば先生はサポーターを脱ぐんですか？」

英一は、まだ遠慮がちに言う。

「言ってみな、サポーターを脱いで、おっ勃ったサオを見せなって……」

雄二が言う。

「でも、本当にいいんすか、だって、俺、生徒だし……」

「いいから、言ってみな」

英一は、それを聞くと、パッと明るい顔をし、真樹の前に立つ。

「先生!! 見たいんすよ。先生のいかすボディを……全部!!」

「ウッス!!」

真樹は、サポーターの腰ゴムに手をかけ、一気に脱ぐ。ビタンと音をたて、無毛の股間を打ちながら、真樹のマラが弾ける。

そのコチンコチンに堅く、ムックリとおっ勃ったサオは、雄二の精液がひっつき、ヌラヌラと卑わいな光沢を帯びている。

「チッ!! いつまで、先公扱いしてるんだよこの筋肉豚を…」

雄二が、英一の口調をとがめて言う。

「豚は豚なみに扱え!! いいか!!」

と英一に言うと、すぐに真樹にこう命じるのだ。

「おい、先生よぉ、そのドス汚れたサポーターの前袋にへばりついているのは何だか、言ってみろ!!」

「精液す」

「そうだ。お前の為に、俺が絞り出しといてやった俺の汁だ。どうだ。有難いか?」

「ウッス!!」

「なら、俺の前で、その前袋を舐めしゃぶって見せろ!!」

「ウッス!!」

真樹は、手にしたサポーターをクルリと裏返しにし、その前袋の茶色く変色し、ムレムレと異臭を発つ布地に、ベッタリとへぼりついた白濁した汁を、舐め始める。

「スッ、スゲェ!!」

英一が言う。

「先輩の言うことは、どんなことでも、こいつ、やるんすね」

努が驚きの声をあげる。

「俺達の言うことだけじゃねぇよ、今日からは、お前らの言うこともだ」

忠之がつけ加える。

「どうだ、旨いか?」

雄二が聞けば、真樹は答えるしかない。

「ウッス、うまいっす!!」

口のまわりにも汁をつけて、真樹は、サポーターの前袋を舐めまわす。

新しい二人の教え子の見つめる中で、雄二と忠之というこれも又、自分の教え子に、命ぜられ、おっ勃ったマラを晒し、汚れきったサポーターをしゃぶらされることに、真樹は被虐の興奮を覚えていた。

それは頭では否定され、しかし、肉体が求めてしまうのだ。

「おい、努!!　お前、サポーターをビンビンにつっぱらしてるじゃないか。前袋にシミがにじんできてるぜ」

「俺、俺、たまんねぇや」

「手始めだ。こいつにほうびをやんな」

「ン……?」

「ほら、こいつで、こいつの頬っぺたを、ビンタしてやんな」

雄二が、努にスリッパを放る。

努はそれを受け取ると、ニヤッと笑う。

「シゴキっすね」

「ああ」

雄二もニヤッと笑う。

「先生よぉ、両足を肩幅にひらいて、両腕を後ろで組みな」

努が言う。

「そうだ、そうだ、その調子だ」

雄二がたきつける。

「口を切るといけねえから、そのド汚いサポーターを口に詰めこみな」

「ウッス!!」

パシリ!!

音も高らかに、努は、吉田がやっていたように、真樹の男臭い面を、スリッパでビンタする。

「ウウッ!!」

うめき声をあげながらも、真樹は身じろぎもせずに、スリッパをまともに受ける。

バシッ!! バシッ!!

努は、スリッパをうならせるたびに、更に興奮し、欲情していくようだ。

こんな男臭い、雄そのものという真樹の肉体を、生徒である自分が、好き勝手にシゴキあげられるなんて……どうだ。この筋肉の見事さは、身動きもせず、直立したまま、俺にいいようにしごかれて、避けようともしない。

バシッ、バシッ、バシッ
赤く色を変えていく頬の筋肉が、ビクリと動く。

耐えている面構えがいかすぜ。

バシッ! バシッ!!

「ス、スゲェ!!」

英一が叫ぶ。

第六章

後ろ手に縛られたきつい格好のまま、真樹は、欲情しきった四人のモノをしゃぶらされる。

雄二をしゃぶり、忠之を舐め、よがり声をあげて、二人がいったあと、忠之が言った。

「さぁ、今度はお前らだ。一発、こいつにぶっこんで、腰を軽くしろ!! こいつの舌技は吉田先生がしこんだものだから、えらくきくぜ。ひと舐めでいっちまうなよ。うんとたっぷり、サオで抉《えぐ》ってやれ!!」

努が、椅子に腰かけ、大股を開く、その脚の間に、真樹が跪く。両手を後ろに組んで縛られたその広い背には、一面に汗の玉がプツプツと浮いているのが見おろせる。

「さあ、先生!! 舐めまわしてくれよ、俺、他人にしゃぶらせるのは初めてだぜ。うんとうまく筆おろしをしてくれよ」

「ウッス!!」

努の股間は、黒々とした毛でおおわれ、その中央で、脂ぎった雄の証しが、ビンとおっ勃っている。

それが、真樹を嘲けるかのように、ヒクヒクと頭を振っていた。

顔を近付ければ、堅い毛がチクチクと鼻面を刺した。

ムレた雄の臭気は、若い高校生特有のものだ。真樹は大きく息を吸い、この新しい雄の臭いを胸一杯に吸いこむ。

「クッ!!」

努は、そのとんがりを口に含まれた一瞬せつなげな喘ぎ声をもらす。

真樹の舌がからみつくと、努は大きく首を左右に振り、眉間にシワを寄せる。

「くっ!!　たったまらねぇよお!!　とろけそうだ」

頬をすぼめ、首を前後に振ると、努の喘ぎは更に激しく、両手で真樹の頭をガシッと挟みこむ。

そして、荒々しく揺り動かすのだ。

「アアッ!!　いいよぉ!!」

そして、一分も保たずに、努は、真樹の口の中へ、ネットリと濃い汁を、たっぷりと飛ばしたのだ。

最後になった英一の欲情ぶりはすさまじかった。

三人の爆発を見せつけられ、興奮しきっていた英一なのだ。

ひきしまった筋肉質の肉体を、幾度となく痙攣《けいれん》させ、雄叫びをあげて、真樹の口を抉った。

四人の汁は、真樹の口の中で混じりあい飲み下される。そのあまりに濃く、脂ぎった汁は、真樹をすら、めくるめく欲情地獄へと落としこむのだった。

無理な姿勢を長時間強いられた真樹の全身は、しとどに汗にまみれ、荒い息をするたびにその厚い胸板が、大きく盛りあがってはへこんだ。

雄二が足をあげ、その顔面を蹴る。

「ウッ!!」

真樹はうめき、その肉体はもんどり打って、床に、あお向けに転がる。

両腕を後ろ手に組んで縛られているため、起きあがることも容易ではない。背中の肉に押し潰された腕がしびれていく。

たちまち伸びてくる四人の手が、汗でヌメった真樹の肉体を撫でまわす。

雄二の手が、真樹の額を抓りあげ、その形の良い鼻腔《びこう》に指をグリッとつっこむ。

忠之の手は、厚い胸板をガシッと鷲掴《わしづか》みにし、ムリムリと揉みしだく。指と指の間に挟みこんだ乳首を、潰さんばかりにこねくりまわしながら……。

英一の手は、波打つ腹筋の感触を楽しみ脇腹を撫であげる。

そして、努は、段間を握る。

「ぶってぇなぁ。熱く燃えたぎってるや」

努が言う。

「爆発しない程度に、しごいてやれ」

忠之が言う。

めくれあがって剥《む》けきった皮を抓み、そのカチカチになった皮の感触を楽しむ努。

「いい色艶してるよ。かなり使いまくってるみたいだ」

努は、もはや、生徒と教師という立場を忘れ、真樹の雄根をいじくりまわす。そのひとかきごとに、真樹の全身が、激しく反応し、ブルブルと震えた。

「ああ、いい。もっといじりまわしてくれっ。サオのつけ根が痛い程、おっ勃っちまってる」

真樹は野獣の雄叫びあげ、快感に酔う。その声は更に努を刺激し、荒々しく真樹のサオをいたぶるのだ。

「どうだ。先公。教え子にテメェのおっ勃ちイモをいじくられる気分は……」

雄二が言う。

「いっ、いい。たっ、たまらない」

「このエロ教師め!!」

雄二のそのひと言に、三人の口からも、さまざまの露骨な罵声《ばせい》が浴びせかけられる。

そのひと言ひと言に、恥辱の快楽を感じる真樹なのだ。

そして、それが頂点に達する時、更に恥辱を、雄二が与える。

「こいつ、俺達の汁を飲みほしたんで、どうやら妊娠したらしいぜ」

「エッ!! 妊娠!! だって、こいつ野郎だぜ」

忠之が言う。

「このごつい肉休で妊娠なんて、あわないや!! この雄そのものって顔で…」

「いや、妊娠したよな、ほら、言ってみろ!!」

雄二はニヤニヤしながら言う。

「ウッ、ウッス!!」

「よし、俺達が見ている前で、生んでみろ!!」

真樹は、三人の手で机の上に乗せられる。両足は、天井から下げられた荒縄で、その足首を縛りあげられ、左右に大きく開かれて吊り下げられる。

おっ勃ったサオも、ケツの穴も、四人の視線に晒け出される。

「お前ら、そこに坐ってじっくり観ていろ!!」

雄二はそう言うと、机の上に乗り、その剥き出しの尻を、横たわる真樹の顔の上に落として坐る。

真樹は、その顔を雄二の尻に押し潰され、呼吸の自由を奪われるのだ。息苦しさに、真樹の厚い胸板は大きく上下し、腹筋が波打った。

「さて、一丁、俺が生ませてやるぜ」

雄二の片手が伸び、その秘口へ二本の指をあてがい、ズブッと刺しつらぬく。

「ウウッ!!」

くぐもった真樹のうめき声。

「スッ、スゲェ!!」

英一が言う。

「あんなことされても、先生のサオは、ビンビンにおっ勃って、露さえにじませているなんて……」

雄二は、グリグリと指を動かし、真樹の秘口を押し広げでもするようだ。

「さぁ!! よく見てろよ」

そう言うと、両手で真樹の腹をギュッと押す。

一体何が始まるのかわからない英一も努も、生唾を飲みこんで、真樹の秘口を見つめる。

やがて、秘口はしばしためらいがちに開閉を繰り返していたが、その瞬間、ヌメッと開き、白いゴルフボールの形に肉ひだを押しひろげて、ポトリと、そのボールを押し出すのだ。

「こいつはいいや」

ドッと笑い声があがる。

「ほら、英一の汁が生ませた卵だぜ」

雄二がニヤリと笑いながら言う。

更に、雄二は真樹の腹を揉みしだく。

二つめのボールが、ヌンメリと肉ひだをかきわけて、転がり出る。

「あれが俺、俺の卵かよ」

努が言う。忠之が腹をかかえて笑う。

「おい、忠之、次はお前の子供だぜ」

雄二が言う。

「ハハッ!! 俺もなんだかその気になってきたぜ。神妙に、拝見するとするか、先公と俺の愛の結晶だもんな」

そして、三つめの卵が、真樹のケツの穴から押し出される。

真樹は、己の肉体に加えられる屈辱的ないたぶりを、じっと耐えるしかない。尻の穴は、幾度となく押し開げられ、そして、そのたびに笑い声があがった。教師の面目などとうから無視されている。

四つめのボールが押し出されると、いましめは解かれ、両腕の縛りだけはそのままの格好で、真樹は素っ裸のまま、にわとりの真似をさせられる。

しゃがんだまま、机の上を、コッココッコと鳴きながら、歩けと言われる。

そして、更に五つの卵を生まされる。

嘲笑と罵声を浴びて、真樹はケツを振りあげ、ボールを排泄する。

「生み落とす時は、威勢よくコケコッコーと鳴くんだぜ」

雄二が当然のように命じる。

「ウッス!!」

こうして、合計九個のゴルフボールを排泄し終えた頃には、身も心もクタクタに疲れきっていた。

しかし、その疲労の中でも、何故か、股間の雄根だけは、ビンとおっ勃ち続けているのだった。

「そろそろ一発、絞ってやるか。おい、英一!! お前、先公のこのおっ勃ちをしごいてやんな」

雄二が言う。

英一が、待ってましたとばかりに、真樹の雄イモをむんずと握る。

そう握られただけで、もう真樹はもだえる。

野獣の刻は、まだ始まったばかりだ。つのりくる快楽に雄の叫びをあげて、真樹の肉体は、幾度となくうちふるえ、たれ流しの唾液が、厚い胸板を濡らしていく。

シャカ、シャカ、シャカ!!

英一の手の動きが、一段と速くなった。

初出　「さぶ」一九八七年一〇月号

体育教師 第十六話

第一章

カラカラに乾いたグラウンドは、風が吹くたびに砂煙が荒々しく舞いあがり、しばらくは、遠くが見通せぬ程だった。

大学一年の夏合宿。山中の廃校を改造した合宿所は、部外者の訪れることもない、まったくの野郎だけの生活だった。

真樹は時折、思い出す、思えば、あの日々が、今の俺を定めたのだと……。

初日に、新入部員に申し渡されたのは、合宿期間中は、素っ裸ですごせということ。

合宿所に着くやいなや、全員がグラウンドに集合させられ、一列に並ばさせられた。

ヤキ入れだ。

素っ裸の新入部員十五人が、直立不動のまま、炎天下のグラウンドに、立ち並ぶさまは異様な光景と、外部の者が見たら思うに違いない。

しかし、部員である者達にとって、それは合宿の始まりの恒例の儀式であるのだ。

ジリジリと素肌を焼く夏の太陽に、肉そのものを誇示する若い裸体は、吹き出す汗にまみれ、舞い上がる土ほこりに白くまぶされていく。

右端に立っていた真樹の名が、怒声と共に呼びあげられる。

真樹は、

「ウッス!!」

とひと声吠えて、先輩らの居並ぶ前まで小走りに行き、そこで、再び、直立不動の姿でたつ。

「ウッス、黒川真樹、頂きまっす」

四年生が一発、三年生が二発、二年生が四発、鉄拳をくれる。

「両脚を開け、両手は後ろに組め!!」

そう言われなくとも、既に、真樹の肉体は殴られる姿勢を作っている。

男は殴られて、一丁前になる、それが部の原則なのだ。

ガシッ!!

一発目の殴りが、頬に決まる。

熱い衝撃と共に、頭の奥に火花が散る。

だが、ただ黙々と殴られ続けるのだ。

「ごっつあんす!!」

一人の先輩が殴り終える毎に、そう雄叫びをあげ、次の先輩の前に立ち再び、

「ウッス!! 黒川真樹、頂きまっすっ」

と怒鳴る。その繰り返しが、果てしなく続くのだ。

四年が終わり、三年に移る頃には、既に口が切れ、鉄味のにがさが、口の中に広がる。その生吸い血の味に慣れるまで、さほど時を必要としない。

タラタラと伝う鼻血が、厚い胸板に、点々と赤い飛沫を散らし、汗ににじんで広がっていく。顔が次第に変形し、頬が赤黒く脹《ふく》らんでいくのが、自分でもそれとわかる。

やがて、二年生へと移れば、一人四発の鉄拳は、連続して炸裂《さくれつ》し、鼻の奥がツーンときな臭くなっていく。

五十八発の鉄拳が、全て終わる頃には、立っていることがやっとの程だ。

「ごっつあんす!!」

そう言う声もつぶれ、ネバネバとした血潮が、口一杯に潜っている。

自分の席にもどると、隣の奴の氏名が呼ばれ、小走りに出ていく。こうして、十五人の新入部員一人一人が、五十八発殴られ、一時間がすぎる。この間、じっと立ちつくし、太陽に焼かれ、黒くなっていく裸体を晒《さら》し続けねばならない新入部員なのだ。

この中に、吉田がいた。四年生の一人だった。四年生は、新入部員にとって神様なのだ。

その肉体を見、殴られっぷりを見て、吉田は、真樹を選んだという。

「一年生は、そのまま、グラウンド二十周、二年生は、食事の仕度、かかれ」

お互い血が乾きかけ、つぶれた顔にへばりついたざまをそのままに、素っ裸のランニングに走り出す。

右端にいた真樹が、当然のように先頭になり、掛け声をかける。

「ファイト！」

「セイ、セイ、セイ」

殴られて男になる。そんな気迫が求められる部なのだ。

第二章

ほとんど暇なく、何らかの雑用と練習に追いまくられ、風呂に入ることはおろか、シャワーすら浴びさせてもらえない日々が、新入部員を急激に雄へとかりたてていく。

汗と埃にドロドロになっていようと構わない。そのまま毛布にくるまり寝、起きては、とことんしごかれる。

食い盛りの食欲に、量だけは十分な食事。食って、寝て、その他は肉体の限度までしごきあげられる。

三日もすると、既に素っ裸でいることにも何の抵抗もなくなってくるのだ。

しかし、三日間も出していない股間は、若いために、溜まりきり、ほんのわずかな刺激にも、敏感に反応してしまう。

真樹も、四日目の朝、食堂のテーブルに置いた酢の匂いを嗅《か》いだだけで、ググッとサオが、おっ勃ってしまった。

ムックラと鎌首をもたげたサオは、静めようにも静まらず、しかし、そのまま、先輩の給仕をしなければならなかった。

「おっ！　朝勃ちか。威勢いいな」

坐っている先輩の前で給仕する真樹の股間は、丁度、先輩の顔の高さにあり、まったくの晒しものだ。

「すっ、すいません」

「だい分、溜まってるな」

「ウッス!!」

先輩の一人が、卓上のはし入れから、割りバシを抜き、バシッと割る。

「直立不動!!」

股間を晒して、両手を後ろに組む真樹のサオを、先輩は割りバシで挟み、上下に振る。

横に倒し、裏を見、袋をつまみ、その度に笑い声と嘲笑が、真樹の肉体に浴びせられる。

ジッと上を向き、羞恥心《しゅうちしん》に耐える真樹。だが、その股間は、意に反して、益々猛っていくのだ。

「お露がじんわり、にじんできたぜ」

割りバシの先で、剥《む》けきった先っ穂がつつかれる。

「うっす!!」

気がつけば、他の一年生も皆、それぞれの場所で、同様に己のサオを弄《もてあそ》ばれているらしい。

笑い声と、罵声《ばせい》と、嘲《あざけ》りが、処々に響いているのだ。

厳しい練習が果てた後、クタクタの肉体をひきずって、グラウンドに一列に並ばされた時、朝のその一件が続きとなって、真樹らを使役するはめとなる。

主将訓示が終わると、二年生は夕食作りに宿舎にひきあげ、一年生のみが、じっと直立したまま、身じろぎもせずに立っていた。

入部当時、皮をかむっていた奴も、この夏の合宿前までに、ほとんど強制的に剥きおろしをさせられ、こうして並ぶ真樹らのサオは全員がズル剥けだった。

三年生の副主将が、つかつかと前に出、そして、いつものように、一年生の頬に、端から、往復ビンタを食らわせていく。

「てめぇら、根性入ってねぇんだよ。なんだ、今日のあの練習ぶりは……、わかってんのか」

「……」

「返答!!」

「ウッス!!」

一斉にあがる声は、腹の底からしぼり出す雄の声だ。

今しがた張られたビンタの痛みなど、蚊に刺された程度のように、四日間のしごきとヤキ入れが、真樹達を雄に変えている。

「腰が重くて、動きがにぶくなってるのと違うか?」

「腰じゃなくて、股間だとよ」

横から、ふざけた声がかかる。

「そうか、股間か。どの程度、重いか見せてみろ!!」

副主将がニヤリと笑う。

しかし、素っ裸は初めからだ。今もこうして、股間は外気にモロに晒しているのだから見せろという意味がわからない。

「勃てて見せろっていうんだよ」

「うっす!!」

一応にハッとした顔をする一年生だが、先輩に命ぜられれば、何でもする、それが部なのだ。股間に手をやり、握り、揉めば、溜まりきっている若さなのだ。

十五本のサオが、威勢よく、ズンと前に突きあげる。

赤紫の先っ穂が、ビタンビタンと腹を打つ音が、あちこちから聞こえ出す。

「お前らへのしごきが甘いようだな。ヘトヘトに疲れているふりをしやがって、こんなに元気が残ってるじゃないか」

そして、それは、新入生へのいびりへとなっていく。初めから決まっていることなのだ。閉鎖された野郎だけの世界では、常にはけ口は、一年生へと向けられる。そして、それは、いつも性への苛《さいな》みとなるのだ。

勃起したイモをあからさまに、衆人の前に晒し、頬を羞恥に赤らめるウブさが、上下関係の上の者の欲情をそそるのだ。

タテ一列に並び直された真樹の前には、河野の肉厚の広い背がある。

筋肉質の肩から腕そして脇腹へと逆三角形の肉の線は、プリッとしたケツでふくらみ、毛深い脚がそれらを支えている。

背中一帯にかいている汗が、ツツッと伝うたび、日焼けした肌に、一条もの筋が引かれていく。

その河野の肉体に、真樹の腹面をぴったりと押しつけ、先輩らは、紐で腰と腰を縛り合わせるのだ。

「手は前にまわして、胸板を抱きしめろ」

言われるままに、前にまわした真樹の腕は河野の厚い胸板をしめつける。

股間は、河野のブリッとしたケツにギュッと押しつける格好なので、己の勃起の熱さを、河野はそのケツの谷間に、それと感じているはずだ。

そして真樹の後ろにいる江田が、同様に、真樹のケツに勃起を押しつけ、胸板に手をまわしてくる。

こうして、十五人が一つのムカデのようにその肉体と肉体を密着させて、紐で縛られた。

汗と埃と体臭のムレムレとした臭気が真樹の鼻をつく。

初めて、生まれて初めて、これほど肌を密着させた相手が、男の肉体を誇示しているのだ。

汗に濡れた河野のケツのヌメリが、真樹のサオを肉で包むように、真樹のケツも又、江田のサオを肉で圧迫している。

「その場で、脚あげ、右足から、水平になるまで高くあげろ!!」

十五人の十五本の右足が、

「ウッス!!」

の掛け声と共にあがる。

十五人の十五本の左足が、

「ウッス!!」

の掛け声と共にあがる。

汗まみれの肉体と肉体が、ヌルッと微妙にこすれあい、ケツと股間がこすれあう。

「アッ!!」

そうと気付いた時には、既におそい。手を触れず、股間のケツのこすれあいによって、昂《たか》ぶりが促される。

右、左、右、左、右、左、

「もっと速くふれ!!」

右、左、右、左、
真樹の項《うなじ》に、背後の江田の荒い吐息がふきかかる。その熱い息のなんと甘いせつなげなことか……。

真樹は、筋肉質の肉体と肉体にサンドイッチにされ、シャワーすらこの四日間浴びていない雄の匂いに包まれ、河野の刈り上げた頭髪に視線をすえ、熱い息をその首筋にふきかけていた。

「ウッス」の掛け声が、次第に消え、かわりにせつない喘《あえ》ぎ声が混じり出す。

そのさまを、凝視《ぎょうし》している先輩らの口元にニヤニヤ笑いが浮ぶ。

「真樹、オレ、出ちまうよ」

江田がささやく。その声が、妙にかすれて聞こえる。

ハーッ!! ハーッ!! ハーッ!!

甘やかなせつなげな息。

その時、真樹は、己のケツに、熱いドロドロを感じる。ビクッ! ビクッ! と小刻みに脹《ふく》れる肉棒のおののきを感じる。

こらえきれずに、江田がもらしたのだ。

だが、江田を責めるよりも、真樹も又、頂上間際のたかまりを必死にこらえていた。

河野のプリプリしたケツの肉が、真樹の先っ穂をヌルッヌルッとこする度、真樹も、熱い息をもらす。

「すっ、すまん!!　いく!!」

河野に言うや否や、真樹も又、爆発する。溜まりに溜まっていた汁が、ブッブッと河野の肉を汚し打った。

先輩は、誰がイッたのか、表情を見て楽しむ。イッた奴の太腿に、白濁した汁が、タラタラと伝い流れていくので確認する。

十五人全員が果てたことを知るとようやく、

「やめ!!」

の号令がかかった。

再び、横一列に並び立つ十五人の股間は、こすられ、白い泡状になった汁が、その剛毛にこびりつき、いまだ萎えきれぬ勃起が、赤黒く剥けた先っ穂を、ビクビクとふりたてているのだった。

ムレたあの臭気が、周囲に熱く漂っている。すえた雄の欲情の臭いだ。

第三章

日没過ぎに降り出した雨が、いよいよ本降りとなり、激しく窓ガラスにあたっていた。

古い教室を、安い木材で仕切った部屋に、それぞれ、二人ずつ入れられた新入部員にとって、唯一の安らぎの場所だった。

毛布一枚にくるまり、ひたすら寝る。その毛布も、肉体を洗わぬ日々に、すっかりと休臭と汗臭さを染みこませ、ムッと臭うのだ。

そして、その夜は、先刻、肉体と肉体をこすりあわさせられた雄の性欲の、果てた肉体が一段ときつく臭った。

閉めきった室内は、だから、ムレきった雄臭さが、みっしりと濃厚にこもっていた。

ヘトヘトに疲れた肉体は、たちまち眠気を誘い、健康な野郎達の寝息が、消燈とともに、処々から聞こえ出す。

その夜、真樹は、頬を叩かれていることに気付くまで、グッスリと寝こんでいたらしい。

「起きろ!!　黒川!!」

ハッと眼をさませば、暗闇の中で、黒い影が、なかば、真樹におおいかぶさるように、真樹の頬を軽く叩いていたのだ。

「ウッス!!」

半分寝ている意識のまま、返事だけはするが、肉体はなかなか覚醒《かくせい》しない。

毛布は、ほとんど丸まって横にはがれているため、全裸の真樹の肌に、おおいかぶさっている黒い影の体温が、直かに感じられる。

隣に寝ているはずの江田の寝息が、聞こえる。ぐっすりと寝こんでいるようだ。

懐中電灯の小さな光の輪が、真樹の顔だけを、照らしていた。

「起きたか?」

押し殺したしぶい声が、低く聞こえる。

「吉田先輩すか?」

それと察して、真樹は、暗さに顔をしかめて言う。

何故、吉田が、ここにいるのか、その時の真樹は、まだ知らなかった。

両ひじをついて、上半身を起こす真樹の顔と首と胸板が、懐中電灯の光の輪の中に浮かぶ。

「そのまま、じっとしてろ!!」

吉田の声が、影の中から聞こえる。

「ウッス!!」

「声をたてるな」

「……」

コクリと頷いてみるものの、真樹は、一体何が始まるのか、理解できずにいたのだ。

「俺の命令は絶対だ、いいな!!」

再び、コクリと頷く真樹!!

その真樹の顔に、吉田の手が伸び、顎を指で挟む。

「俺の好み通りの面をしている」

顎を挟んでいた手は、真樹の首筋を撫で、胸板へと下っていく。それにつれて、懐中電灯の光も下っていく。

厚い筋肉質の胸板、乳首を抓《つま》み、グリグリと揉みしだく。

「せっ、先輩!!」

「シッ!!　黙ってろ!!」

真樹は若干の不安と予感に肉体を固く緊張させる。女っ気なしの合宿所なのだ。先輩も溜まっているに違いない。ふと、真樹は思った。

嫌とは言えない。先輩の言葉は絶対だ。一年生は、奴隷にすぎない。

懐中電灯の光は、既に、真樹の股間を丸く照らしていた。

黒々とした剛毛は、先刻のカスが白くこびりつき、ゴワゴワに固まっている。その中央に、うなだれたサオが、剥けきった先っ穂を晒して転がっていた。

「一発ぐらいいじゃ、溜まっている汁を出しきれなかったろう」

吉田の手が、真樹のサオをつまむ。ハッと身じろぎし、初めて他人の手に触わられた感触に、真樹の頬がこわばる。

吉田は、平手で、真樹のサオを腹の肉にこするように、ゴロゴロと押し転がすのだ。

何度も何度も、右に左に、左に右に、その刺激に、真樹の意思に反して、サオは次第に堅くなっていく。

暗闇の中に、真樹のサオと吉田の手だけが密やかな動きを操り返す異様さ、やがて、真樹のサオは、カチンカチンに堅くそそり勃った。

「いいサオをしてるな。どうだこの堅さといい、形といい、剥けきったふてぶてしいさまは……」

剥けた先端を、吉田の指がこする。ツンツンとこみあげてくる快感に、思わず真樹は、声をもらす。

「そのまま、来い!!」

勃起した重い股間をそのままに、吉田は部屋を出ていく。真樹には従うしかなかった。

雨は激しく降っていた。

第四章

廊下を出、玄関で、吉田は待っていた。非常灯の薄明りの中で、吉田はサポーター一丁の裸体だ。筋肉質の肉体は、鍛えあげられたそれで、威圧的ですらあった。

シーンと静まった宿舎の中に、寝息だけが響いている。

「来い!!」

「ウッス!!」

吉田のところに行く真樹は、痛い程勃起しているサオの処理に困ってしまう。

吉田は両手を真樹の肩にかけて、キッと鋭い視線を真樹に据える。

「お前、女と経験あるか?」

「エッ!!」

「女の体、知ってるのか?」

「いっ、いいえ!!」

赤面しながら、真樹は答える。

「男とやったことは?」

「いっ、いいえ!!」

ニヤリと吉田は笑う。

「教えてやる。今夜、男の味を経験しろ!!」

「筆おろしだよ、こいつのな」

そう言いながら、吉田の手は、真樹の股間に伸び、サオをギュッと握る。

「ついて来い!!」

「ウッス!!」

グラウンドに降りる。雨は肌を打ち、たちまちずぶぬれだ。夏の雨は、しかし、火照《ほて》った肉体に快かった。

グラウンドの端まで行けば、宿舎の灯りが、遠くまたたき、雨の音だけが、肉体を包みこんでいる。

クルリとふりむいた吉田は、ガシッと真樹の肉体を抱く。

「可愛い奴!!」

「せっ、先輩、まずいっすよ」

突然のことに、真樹はオロオロとする。吉田の手を振りほどこうとするが、吉田は、きつく手に力をこめてくる。

「ふざけんじゃねぇ!!」

吉田は、真樹の肉体を投げ飛ばし、地面に叩きつけるとおおいかぶさってくる。

あお向けに転がった真樹は、それでも逃げようと身もだえするが、吉田の体重が、肉体をおさえこみ、バタバタと動く真樹の手を押さえてくる。

大の字になった真樹に、大の字になった吉田の肉体がのしかかる。

股間と股間がギュッと密着し、サポーターごしに吉田の勃起が、グリグリと押しつけられてくる。

雨粒が激しく真樹の顔を打ち、吉田の頭から滴《したた》ってくる水流と共に、真樹の眼をふさぐ。

泥まみれになった裸体と裸体は、からみあったまま、地面を二転三転し、常に吉田が上になって止まる。

「いいかげん、おとなしく、俺に抱かれろ」

「せっ、先輩、勘弁して下さい。俺、そんな」

「うるせえ奴だ!!」

真樹の両腕を背にひねりあげると吉田は、グラウンド境の樹の下まで、真樹をひきずっていく。

そして、既に用意してあった縄を、樹の幹にまわすと、真樹の両腕を縄で縛り、転がすのだ。

両腕を万才の格好にされ、地面に転がされた真樹は、もはや抵抗は許されなかった。

真樹の両脚を大股開きに開かせて、吉田はその間に胡座《あぐら》をかいて坐る。

そして、じっくりと真樹の肉体を睨《ね》めまわすのだ。

「天国にいかせてやるぜ、たっぷり時間をかけてな、この肉体が、今に、俺なしでは、いられなくなるんだ」

吉田は、かがみこみ、真樹のサオを揉みあげる。萎えていたそれは、たちまち堅く勃起する。

「味見といくか」

「せ、先輩、許して下さい、俺、そんなつもりじゃ……」

「お前のつもりなどどうでもいい。俺が、お前の肉体を欲ってるんだよ」

その言葉が終わるやいなや、吉田はパクリと真樹のサオをくわえこむ。

「堅くて、大きいな」

「アアッ!!」

真樹は、ヌメヌメとした生暖かい中に、己のサオが沈んでいくのを感じた。吉田の舌が、ザラザラとサオに絡みつき、舐めまわす。

ねぶりまわされるたびに、真樹の肉体は燃え始めていた。

「アア!!　アアッ!!」

「どうだ、いいか、いいだろう?　こんなに堅くおっ勃っているものな」

吉田は、真樹の肉体が、一舐《な》めごとに、燃えていくのを察し、真樹のサオをねぶりながら、己のサポーターを脱ぎ捨てる。

そして、真樹を食わえたまま、肉体を動かし、その股間を真樹の顔の上へ晒した。

「お前も、くわえろ!!」

そう言うと、腰をおとしてくるのだ。

真樹は、近付いてくる吉田のサオの大きさに、初めて気付く。

「せっ、先輩!!　許して下さい」

「くわえろ」

「せっ、先輩、せん……」

真樹は、吉田の股間に顔を押し流される、ムッとする熱さに呼吸ができないのだ。

「……」

苦しさに顔をふれば、吉田の勃起が鼻にゴロゴロと当った。

呼吸のできぬ苦しさに、真樹の身もだえを楽しみながら、吉田は真樹のサオを吸うのだ。

やがて、ヒョイと腰を浮かして、言う。

「くわえろ!!」

真樹は、口を開き、顔を持ちあげ、吉田のサオをくわえるしかなかった。

苦い味が、口中にひろがる、汚ないという思いがかすめ、顔をしかめるが、口中一杯につき入れられた肉の感触は去るはずもない。

「舐《な》めろ!!」

真樹は舌をからめ、舐める、ひたすら舐める。

そのうちに、舌の感触がなくなり、肉の味だけが、口中に残る。

吉田は、真樹の若い純生の肉を楽しみ続けている。

「ムーッ!! ムーッ!!」

くぐもった真樹の声は、真樹の欲情の昂ぶりの証しだ。

吉田の舌が、真樹のサオの鈴口を、チロチロと舐めあげる。そうされることで、真樹は己の肉体が、どうしようもない程せつなくなり、股間の一点に若さの欲情が、溜まっていくように感じた。

吉田の尻が浮き、真樹の顔前に、ビンと勃ったサオが、雨滴を集めて、滝のように水流をほとばらせていく。

「い、いくぅ!!」

真樹は、吠えた。すっぽりとくわえられた吉田の口の中で、吉田の舌がせわしなく真樹のサオを舐めまわす。

熱いものが、幾度となく尿道を押しひろげビクンビクンと出口を求めて、せりあがり、そして、吉田の口中に、打ちあげていく。

恍惚《こうこつ》の時が、流れていった。

第五章

両腕を万才の格好に樹の幹にまわしたロープに縛られ、泥の中に転がされている真樹のあお向けの肉体の横に、吉田は、添うように寝転がり、その手は、真樹の雨で濡れそぼった肉体を撫でまわしている。

「雄の肉体だな、筋肉がコリコリとして、ぶ厚い、無駄一つないこの肉のかたまり」

雄を抜かれた直後のけだるさが真樹の全身をとらえていた。

逃げようのない手首のロープの縛りだけではなく、真樹は、己の肉体を撫でまわす吉田の手にさからうことはできなかった。

「どうだ、スカッと腰が軽くなったか?」

「ウッス!!」

吉田の手が、真樹の顎をクイッと上向きにし、吉田の顔が近付く。

真樹の唇に、吉田の唇が重なり、その舌がわけ入ってくる。

男臭い唾液が、真樹の口に注ぎ込まれる。

胸が息苦しくなるような激しさで、吉田の口に、真樹の舌が吸われる。

土砂降りの雨の中で、真樹は初めて、キスのせつないまでに胸苦しい思いを知った。吉田の男臭い唾液を、貪るように飲み干せば、再び、股間は熱く、ムックリと鎌首をもたげてくる。

「俺のものになれ!!」

吉田が言う。

「この肉体の全てを、俺によこせ。この胸板も、腹も、サオも、ケツも、俺の奴隷として捧げると言え!!」

「ウッ、ウッス!!」

「俺の性奴になるか?」

「ウッス!!」

「何をされようが、俺が求めるならば、いいか?」

「ウッス!!」

「可愛い奴だぜ。とことん可愛がってやる。俺の手で、この肉体がもだえ喘ぐ極限まで、改造してやる」

「ウッス!!」

「よし、初釜を掘ってやる」

「初釜?」

「そうだ、初釜だ。お前のケツの穴に、俺のサオをぶちこんで、犯るんだよ」

吉田が、ニヤリと笑う。

「そ、それだけは、勘弁して下さい」

「何を!!」

吉田の口調は突然変わり、怒気を含んだものとなる。と同時に平手が、真樹の両頬を襲い、火花が飛ぶような熱い痛みが、炸裂する。

バッとはね起きた吉田は、その足裏で、真樹のムックリと勃起しかけていたサオを、グリグリと踏みにじる。

「アアッ!!」

甘美な痛みに、真樹は眼をギュッと閉じ、身もだえする。両腕の手首を縛ったロープが肉に食いこんでいく。

「まだ、わかっていねえのか。お前は豚以下の存在なんだぜ、俺が望めば、どんなことでもやらなきゃならねえ立場なんだぜ。ちょっと甘やかせばつけあがりやがって……、こうしてやる!!」

そう言うと、吉田は、真樹の顔の上にしゃがみこみ、その尻を真樹の鼻面間際まで降ろす。

そして、力むのだ。真樹の眼の前に、吉田の毛深い尻の谷間があった。そして、その中央から、茶色の濡れた汚物がしぼり出されてくる。

「せっ、先輩‼　やっ、やめて、やめて下さい」

真樹は哀願する。そのなかば悲鳴に近い声を開くと、吉田のサオは益々いきり勃っていく。

うなりながら、吉田は、ついに真樹の顔の上に排便をする。

真樹の鼻面に、異臭を放つ汚物がベッタリと練り出される。

「食え‼」

吉田は、真樹の胸板にどっしりと坐ると、その大きな野卑な手で真樹の顔に汚物を流し、塗りたくる。雨を含んで、それは顔中にグチュグチュに塗られ、真樹の男臭い面を埋めつくす。

眼を固く閉じ、荒い息に厚い胸板を上下させる真樹の汚れきった顔を、満足気に見おろすと、汚れた手を、真樹の胸板にこすりつけて落す吉田。

鼻腔も汚物で埋められて、真樹は口で息をするしかない。その開いた口に、雨水に溶けた汚物が洗れこむ、むせぶ真樹。

「大人しくケツを出せば、こうならなかったんだぜ」

吉田が冷たく言う。

そして、吉田は、真樹の股の間に膝をついて立つと、真樹の毛深いが、逞しい筋肉そのものの両脚を開いて、肩にかつぎ、その開ききったケツの穴めがけて、勃起した太いサオを突き入れる。

ガクッと真樹の肉体が痙攣《けいれん》し、吉田のサオが肉に沿って弾ねあがる。

「力を抜け‼」

再び、突きたてが行なわれ、真樹の口から野獣の叫びがあがる。

カッと熱い激痛が、ケツの穴から脳天まで一気に貫き、真樹はのけ反った。

「よし、よし、先っ穂は入ったぜ、なら、一気にいくぞ」

吉田の腰が、はずみをつけて、前にグイッと突き出され、その瞬間、ズプッと肉棒は、真樹のケツを割って、侵入した。

一気に根っ子までねじりこんだ吉田は、肉棒が、真樹の肉ヒダに慣れるまで、しばし待つ。

雨が真樹の顔を洗い、ダンダラになっている汚物まみれの表情を確かめながら、吉田は、ゆっくり腰を使い始める。

「アアッ!! ケツが、ケツが裂ける」

「裂けるかよ、俺のこの太さが、今に、たまらなく欲しくなるんだぜ」

吉田の動きに、真樹の浮きあがった下半身が揺れる。

「よく覚えとけ、俺の味を。忘れられなくなるからな」

吉田の腰の動きが、次第に激しくなり、真樹の腹の中をえぐりまわす。

初めの痛みが、やがて、少しずつうすらぐと、真樹の中で、充実した雄のいぶきが、モロに脳天までかけめぐり始める。

ほとんど洗い流された汚物の中に、真樹の顔が再び現われる。眉根をキュッと寄せ、半分開いた唇から、荒い吐息がもれる。

男臭い面に、鍛えあげた筋肉質の肉体、のめりこみそうだぜ。まったく……。いたぶってやれば、どこまでも欲情をそそられる野郎。どうだ、このケツのしまり具合は……クッ!! とろけちまう。サオの先からジンジン痺《しび》れてくるぜ。感じてきやがったのか、こいつのサオもズンズンにいきり勃ってきやがった。

吉田は、右手で、その真樹のおっ勃ってきたサオを握り、しごいてやる。

「アッ!!　アアッ!!」

あられもなくよがる真樹を、吉田は、満足気に見降ろす。

真樹のケツの穴深く、ねっとりと濃い雄の汁をぶっぱなした時、吉田の手の中で、真樹のサオは、その日三発目の汁を吐き出させられたのだ。

これが、真樹と吉田の出会いであった。

初出　「さぶ」一九八七年一二月号

体育教師

第七話

第一章

夏休みが来た。稲光りをして梅雨の終わりの宣言をさせて、空は、急に夏めいた色に変わり、肌にきつい日射しを与える。

八月なかばすぎからの運動部の合宿が始まるまでの三週間、学校に行くこともない。夏休みに入ったその日、吉田は、英二と努をともなって、真樹の下宿を訪れる。

二年目に入り、担任を持たされた真樹のクラスに、努も英二もいたのだ。そのことが、真樹に、英二や努との土曜日に対するためらいを覚えさせ、英二や努も又、担任である真樹への遠慮から、あいまいな一学期が終わった。

吉田は、それも好ましく思っていない。真樹の肉体は、いためつけ、いたぶることで、益々、雄の魅力を発散していくはずなのだ。

教師と教え子の逆転した被虐の日々が、真樹の肉体を、吉田の思い通りの肉体に変えていくはずなのだ。

英二も努も、真樹の肉体への執着はひととおりではないことを吉田は知っている。押さえても押さえきれぬ、性への貪欲なまでの興味と欲求が、彼らの股間をいきり勃たせている、それを無理に押さえている二人の遠慮は担任という真樹の立場からだと、吉田は知っている。

吉田は夏になるまで、黙って待った。


そして、夏休みの始まったその日、吉田はこれを実行した。

「近頃、お前、こいつらの欲求を満たしてやってないと言うじゃないか」

英二と努の前で、吉田は真樹に罵声《ばせい》を浴びせかける。

「馬鹿野郎!! テメェの肉体を使い惜しみするんじゃない」

まったく無防備のまま、抵抗も許されず、真樹は、吉田に往復ビンタをくらわされる。

頬に残る赤い手型は、吉田が手加減なしに殴っている証拠だ。

「ウッス!! ウッス!! ウッス!!」

一発ビンタを見舞われるたびに、真樹は、そう腹の底から声をしぼり出して応える。

吉田の前で、真樹は従順な雄豚であらねばならない。そのさまを、英二と努が凝視《ぎょうし》していることを、眼の端でとらえながらも、抵抗のできるはずもない、それが、吉田の計算でもあった。英二と努の見ている前で、真樹の担任面をひっぱがし、再び雄豚の立場を調教し直していくのだ。

「いいか、努と英二が、お前を雄豚と認めてくれるまでは、こんなものは穿《は》かせないぜ」

そう言いざま、吉田は、真樹の穿いていた唯一の布切れ、サポーターを、一気にひきちぎる。

穿き古したそれは、たわいなく裂け、ビリリと音も高らかに、一きれのボロ布とかわる。

たちまち、あらわになった股間は、黒々とした剛毛が、三センチ程に伸び、みっしりと被っている。

英二も努も、剃りあげさせていないらしい。

その縮れ毛の繁茂が、この数カ月の三人のいとなみを表現している。

ダラリと垂れたサオの大きさは、萎えた肉の色を見せている。

カチンカチンに勃起させて、迎えるという暗黙の務めすらおこたっている真樹を、吉田は怒った。

「おい、英二、そこのロープを取れ!!」

吉田が言うと、英二は頷き、床に丸められていたロープを拾い、吉田に手渡す。

「せっ、先輩、勘弁して下さい。努達の前で……」

真樹の顔がこわばり、吉田に哀願する。教え子の前で、恥態を見せねばならぬ屈辱感が真樹にこだわりを覚えさせるのだ。

だが、吉田が聞き入れるはずもない。ロープは、真樹の太く逞《たくま》しい首に巻かれ、吉田は、無理矢理、真樹の背中にねじりあげて、縛っていく。

「お前の口が何と言い訳しようと、お前のこの肉体が反応しちまう。お前がどれだけ、スケベなエロ教師なのか、もう一度、英二達の前に晒《さら》してやる」

プール実習で、すっかり焼けた浅黒い肌は、筋肉質のよろいとなって、真樹を被っている。そのよじり合った筋肉のこぶに、ロープがかけられ、ギリギリと絞られる。

萎えていた股間が、ニョッキリと勃起し、剥《む》けあがった先っ穂が、力強く腹の肉を打つ頃には、亀甲模様が、真樹の厚い胸板から、段々を作っている腹筋にかけて、見事な縛りを見せていた。

「すっ、すげぇ!! 胸の肉が盛りあがって、はちきれそうだ」

英二が、眼を輝かせて言う。

吉田は、縛りあげた真樹の肉体を、背後からおおいかぶさり、両手を前にまわし、股間をまさぐる。

「二人とも、じっくり見ろ、お前らの担任黒川先生は、こうして、素っ裸の肉体を晒して、縛られて、サオを弄《もてあそ》ばれるのが、大のお気に入りだったことをな。ほら、こんなに固くおっ勃っちまってるぜ。先走りの露が、あふれ出てきたぜ」

吉田の指先が、真樹のサオの鈴口を撫でまわす。

「アアッ!!」

思わずもだえる真樹の鈴口からは、トクトクと透明な露があふれ出てくる。

「糸引いて、垂れていく」

努は、己の股間をムンズと握りながら、ギラギラと欲情した眼を、真樹の裸体に注ぐ。

「さあ、仕置きといくか」

吉田は、壁に、真樹の顔を押しあて、背面を晒して立たせる。

顔と胸板で肉体を支えた真樹の背中は、無理にねじりあげられて、肩の筋肉が盛りあがっている。

その下に両腕が交差して縛られ、首からつながったロープに吊り上げられている。

腰は力強くギュッとつまり、形のよいスポーツマンのケツが、ムックリと双つの肉たぶを張っている。

太く逞しい脚は、黒々とした剛毛に被われ、日に焼けた肉体と脚の間にある、海パンの焼け残った跡が、妙に生々しい肌の色を見せていた。

「さぁ、努からだ、思いっきり、仕置きしてやれ、ぶっ叩いてくれと、ケツがつき出ているぞ」

吉田は、太い皮ベルトを二つに折り、努に渡す。

面脚を開いた真樹のケツが、かすかに緊張にふるえている。

「おい真樹‼　努はまだ遠慮しているようだ。たっぷりと仕置きしてくれと、頼め‼」

吉田が命じる。

「努、やってくれ‼　俺のケツを、ぶっ叩いてくれ‼」

そう言わされる真樹の声はかすかにかすれていた。

バシッ‼

努は、皮ベルトを振りあげ、真樹のケツめがけて、打つ。

肉たぶと皮の打ちあう音が高らかに響き、真樹のケツの肉に、赤い太い筋が走る。

「努‼　やれ‼　お前のサオが、ぶっ叩いているうちに、ジンジン痺《しび》れてくるからな、そうなるまで、仕置きしてやれ‼」

吉田が言う。

「はい‼」

努は返事し、バシッ‼　バシッ‼　と皮ベルトを振りおろす。

「ウッ!! ウウッ!!」

真樹の肉体は、再び、被虐の痛みを思い出す。

風のない夏の蒸し暑さの中で、仕置きする努の肉体も、仕置きされる真樹の肉体も、たちまち汗が吹き出し、汗臭いムッとする熱気が、部屋にたちこめる。

「おっ、俺にも、やらせてくれよ」

英二もたまらなくなって、努から皮ベルトを受け取ると、激しく真樹のケツを打つ。

バシッ!! バシッ!!

「ああ、スゲェ!! 興奮しちまう」

英二は、うわずった声で言う。英二のトランクスの股間は、あからさまに勃起したサオの形を誇示していた。

第二章

合わせて、五十発近くのケツ打ちが終わる頃には、真樹の肉体は、ベットリと汗に濡れ、その見事な筋肉質の肉体をうきたてていた。

英二も努も、欲情し、ビキニブリーフ一丁の裸体は、若い欲情の臭いをぷんぷんとさせていた。

「どうだ、教え子の仕置きの味は?」

吉田が、ニヤリと笑って尋ねると、真樹は、荒い呼吸に、胸板をせわしなく上下させている。

「お前は、エロ教師なんだぜ」

「ウッス!!」

「さあ、ここに跪《ひざまず》け」

吉田は、椅子の前に真樹を跪かせ、その頭を椅子の上に乗せさせる。

「エロ教師らしく、面構えを作ってやろう」

面腕を背に、高手小手に縛りあげられた不自由な肉体を、屈めて、真樹は、椅子に顔を押しつけられる。

「おい、英二!! えばりくさっていたこいつには、ケツ叩き位で許すことはないぞ、さあこれで、頭髪を刈りあげてやれ!!」

そう言うと、吉田は、電動バリカンを、英二に渡す。

「せっ、先輩!! 外を歩けなくなるのだけは、許して下さい。肉体に、何をされてもいいっす。でも、外へ出られなくなるのは……」

「何をゴチャゴチャ言ってるんだか、聞こえないな、さっきも言ったろ、英二達がいいと言うまで、お前は素っ裸で暮すんだ。それとも素っ裸で、外を歩かせてやるか、それも面白いな。だが、どうせなら、頭も青入道になっちまえッ」

「ウウ……」

「さあ、英二、刈りあげな」

「はっはい!!」

英二は、バリカンのスイッチを入れる。ブーンという音が、真樹に近付いてくる。

英二の手が、真樹の頭を押さえ、バリカンの冷たい感触が、首筋に当り、それはゆっくり頭に沿って移動を始める。

バリバリバリと剛《かた》い毛を刈りあげる音が、頭に響いてくる。

一ミリ程を残して頭髪は刈り取られていく。

スポーツ刈りの真樹の髪に、バリカンの幅の筋が入り、それは一直線に額の方まで伸びていく。

英二は、ゆっくり時間をかけ、バリカンを動かす。その度に、真樹の顔の周囲に、太く剛い毛の残滓《ざんし》が、パラパラと散り、溜まっていく。

バリバリバリという音と共に、刈りあげられていく毛。なさけなさに、真樹の肉体は、小刻みにふるえていた。

単なる教え子と、担任する教え子とは違うのだ。担任として、クラスをひきいていく上で、特別の思い入れがあるのだ。

だから、忠之達とは違う。その教師と教え子との関係を、吉田は無残にも破壊し、苛《さいな》まれる者として、真樹の肉体を、英二らの前に提供させるのだった。

「先生!!　すっかり刈り上げました」

英二が言う。

そこには、刈り上げられた頭の青々とした跡を見せて、真樹がいた。

男臭い面構えが、更にきつくなり、形のよい頭は地肌を見せて、日焼けした項《うなじ》から続いている。

太く、黒々とした真一文字の眉が、やけに強調され、その刈り上げられた頭の滑稽さを逆に、雄臭さに変えていた。

「よく見せろ!!」

吉田が、椅子を引き、正座した真樹の肉体を、真正面から、モロに晒す。

筋肉のかたまりの裸体にくいこんだロープ。後ろ手に縛られた両腕。そして、すっかり刈りあげた頭。全てが、三人の視線に睨《ね》めまわされる。

いたたまれぬ気持ちで、真樹は、その露骨な視線に、しかし耐えるしかなかった。

「いかす!!」

英二が、ポツリとつぶやく。

「なんか、こうギラギラした脂っこい雄の臭いがするみてぇだ」

努も言う。

「どうだ、チンポコ、おっ勃ってくるか?」

吉田が言う。

「は、はい!!」

二人は、はとんど同時に返事をする。

「よし、努、お前から、こいつにサオを、しゃぶらせろ!!」

「エッ!! いいんすか?」

「おっ勃ってんだろ!!」

「ええ。こんなに堅く……」

そう言いながら、努は、腰を前につき出し、そのブリーフの前袋のたかぶりを誇示する。

「おい、真樹!! お前の生徒の努君は、サオが、おっ勃っちまって、たまらないとよ。エロ担任らしく、舐《な》めさせてくれと言ってみな」

吉田は、ニヤニヤと笑いながら言う。

真樹は黙ってうつむく。そこまでしなくてはならないのだろうかという抗議の顔を、吉田は、それと察すると、ためらわず、真樹の頬をぶっ叩く。

「やれってんだよ、今更、体裁ぶるな、テメェが、忠之達とどんなセックスしてきたか、こいつらはとうに知ってるんだぜ。ほら言え!!」

吉田の張り手に、床にぶっ倒れた真樹の両脚は、バッと開き、半勃起したサオがあらわになる。その股間に、吉田の足が踏みおろされ、グリグリと揉みしだく。

「ああ、先輩!!」

「言うか?」

「いっ、言います!! だから、許して下さい」

吉田は、荒々しく真樹の肉体を起こすと、再び正座させ、その前に椅子を置き、努を坐らせる。

「舐めさせて下さい」

ようやくの口で、貴樹が言う。

「何をだ?」

吉田の怒声が重なる。

「サオを、サオを舐めさせて下さい」

努は既に、ブリーフを脱ぎ捨て、生まれたままの裸体を晒して、椅子に大腰を開いて、待っている。

「おい努、エロ豚が頼んでるぞ、命令してやれ!!」

「はっ、はい!!」

努は吉田に返事をすると、真樹を見おろし言った。

「舐めさせてやる。たっぷりと奉仕するんだぜ。サオが疼《うず》いてしょうがねえや、ほら、舐めろ!!」

真樹は、肉体を、努の股の間に入れ、努の股間に顔を埋めていく。

若い健康な雄の臭いが、ムンムンと鼻腔《びこう》を襲い、堅くいきり勃ったサオは、真樹の口の中で、益々たけり勃っていく。

「ああっ、たまんねえや。ヌルヌルした舌が、俺のサオをかきまぜるようだ。ウッ!! きっ、きくぜ。ジンジンしてくる」

努の両手は、真樹の刈り上げた頭を挟みこみ、グリグリと股間にすりつける。

真樹は、努のサオをほおばったまま、顔をその毛のザラザラした股間にこそがれる。

真樹の舌は、努のサオを舐めまわし、絡みつき、唾液にまぶし、幾度も幾度も、舐めあげた。

「尺八してやれ、真樹!!」

吉田が言う。

真樹は、努に吸いつき、頬をへこませて、唇をピタリと閉じ合わせると、後ろ手を縛られた苦しい姿勢のまま、頭を前後に揺らす。

ダイナミックに鍛えられた太い首が、前後に動くたび、真樹の唇の開から、ヌラヌラした努の肉棒は、出たり入ったりを繰り返し、努は、頭をのけ反らし喘ぎ声をあげる。

「いい、いいよお!! 先生が、俺のサオをしゃぶってると思うと、ゾクゾクする程快感だぜ」

やがて、ピクッピクッと肉体を痙攣させて努は絶頂を迎える。

「いっ、いくう!!」

胸板が、弓なりに反りかえり、真樹の頭を挟んだ両手が、一気に股間へ引きつける。

真樹の口の中で、喉仏めがけて、濃くねっとりした汁が、幾度となく吹きあげた。

「ア」という形に開いた努の口が、そのまま開きっぱなしになり、やがて、のけ反った喉の突起が、ゴクリと唾を飲みこんだ。

第三章

正午すぎの日射しはきつく、ジリジリと肌を焼いていく。

裏庭に連れ出されて、木製の頑丈《がんじょう》だけが取得《とりえ》のテーブルの上に、真樹は肉体を横たえあお向けに転がされる。

後ろ手に縛られた腕のロープはそのままなため、厚い胸板が、肉の山並みとなり、一段と盛りあがっている。

ケツが、テーブルの端から突き出るように乗せられた肉体は、両脚を蛙のように、左右におっ開げて折られ、テーブルに固定されている。

口中に残る努と英二の濃い精液のなごりが真樹の性欲を異様に昂《たか》ぶらせていた。

又、焼きつけるような日射しの中で、裸体を晒す、その熱さが、とめどもなく欲情をかきたてるのだ。

だから、全身、汗でヌルヌルとなった肉体の中心で、真樹の肉棒はすさまじくおっ勃ち続けていた。

「よく、見てみろ!!」

吉田は、努と英二を促し、おっ広げられた真樹のケツの谷間を指差して言う。

一センチ程の剛毛が、谷間をみっしりと被い、日射しに照らされて、みだらな様を晒している。

「ここに穴がある」

そう言いながら、吉田は人指し指で、真樹のケツの谷間を数度撫でた。

クッと緊張に肉体をこわばらせる真樹の、筋肉が、モリモリッと動く。

吉田の指は、真樹のケツの穴をさぐり出すと、一気にズブリと指をつっこんでくる。

「アッ!!」

真樹の口から、喘《あえ》ぎ声がもれる。

「この穴は、何に使うんだ?　真樹!!　答えてみろ!!」

吉田は、指をグリグリとこねまわしながら言う。

「ウッ、ウッス!!　先輩のサオをぶちこまれるためっす!!」

真樹は、吉田の求める答え通りに、言わねばならない。

努と英二が、熱い視線を釘づけにしている己のケツの穴を、吉田の指が、ゆっくり、出し入れを繰り返しているのを感じながら…。

指が押しこまれるたび、ケツの穴は、ズブッとへこみ、引き出されるたび、それは、指を食わえこんで、盛り出た。

「お前の教え子が、見ているぞ、どうだ、嬉しいか、俺にケツの穴をえぐりこまれて……」

「ウウッ……」

恥かしさに顔を赤らめ、眼をキッと閉じる真樹を、吉田は更に恥かしめる。

「エッ!! なんだ、この指じゃ細くて、感じないのか？ もっとぶっといものをつっこんで欲しいってのか？」

「ウッ!!」

「何を入れて欲しい？ さあ、言ってみろ!!」

「ウッ!!」

「口がきけないのかよ、忠之や雄一が、そのマラで掘りまくってやるたび、お前、ヒーヒー言って、よだれ垂らしたってな。ほら言え!!」

「せっ先輩のサオ、下さい」

真樹は上ずった声で、そう言う。

「聞こえないな、風呂の中で屁をこいたみてぇだぜ。ブツブツ言ってないで、でかい声で言ってみろ!!」

吉田は、真樹を弄ぶ。

「せっ、先輩のサオを、ケツにぶちこんで、下さい」

真樹は、大声で怒鳴る。そう言って、すぐ恥かしさに身もだえする真樹なのだ。

「おい、聞いたか、二人とも!! お前らの担任は、素っ裸のおっ勃ちチンポコを見てもらうだけじゃ足りなくて、俺のサオをケツの穴に入れて欲しいとよ。とんだエロ教師だな!!」

「……」

真樹は唇を噛みしめ、吉田の揶揄《やゆ》にじっと耐える。担任としての真樹の面目を、無理矢理はぎ取っていくつもりなのだ。

「ハハハハッ!!」

努と英二は、真樹を嘲笑して、笑う。

「先生!! 犯っちまいなよ、俺達、見たいっすよ。こいつが、先生のぶっといサオにケツを掘られて、ヒーヒーよがりまくるざまが……、なっ!! 英二!!」

「ウッ、ウン!! 見たいっすよ」

英二も答える。

「どうだ、一丁、ケツを掘ってやるか」

吉田は、トレーナーパンツを脱ぎ捨て、素っ裸になる。もっさりと密林のような剛毛の繁茂した股間は、ニョッキリと太く長い肉棒がそそり勃ち、天を向いていないないている。

「すっ、すげぇ!!」

英二が驚嘆の声をあげる。

吉田は、その雄身を誇示するように、片手で肉棒の根元を持ち、もう一方の手の平に、パシッパシッと数回打ちつける。

剥けきった先っ穂の、ピンポン玉大の亀頭が、赤黒く裂け目を見せ、脂ぎった光沢をうかべている。

その肉棒を、真樹の秘口にあてがうと、グイッと尻を突き出すのだ。

「ウグッ!!」

真樹はのけ反り、口を開いて息を吐く。

肉ひだの裂け目が、強引に押しひろげられ吉田の肉棒が、ミリミリと押し入ってくる。

「アアッ!!　アアッ!!　アアッ!!」

真樹の呻き声と共に、肉棒はゆっくりと、真樹のケツの中にねじりこまれ、埋まっていく。

「すっ、すげえ、ケツの穴が、ミシミシいって、伸びきっちまってる」

英二が言う。

吉田は、ニヤリと笑うと、ゆっくり腰を使い始める。

前後に腰が振られるたびに、真樹は顔を左右に振り、快感のともなう激痛にひたっているようだ。

　努の手が伸び、真樹のサオをかきなでる。

英二は、真樹の盛りあがった胸板の乳首をつまみ、グリグリとこねまわす。

真樹は、全身に快感の鳥肌をたてて、もだえまくった。

その雄々しい喘ぎ声は、もはや恥も外聞もなく、快楽に酔いしれる雄そのものとかわりはてていた。

第四章

吉田は、十分近くもたっぷりと時間をかけ真樹の肉体を犯す。

吉田の流す汗のしずくが、ポタポタと真樹の肉体に落ち、真樹の汗とまじり合った。

ムンムンとした欲情の精気が、二人の肉体からたちのぼり、努と英二の若い肉体に、まとわりついていくようだった。

既に、英二の与える刺激に、ツンと勃った真樹の乳首は、小豆粒《あずきつぶ》ほども脹《ふく》らみ、赤黒く熟れきっている。

努は、真樹の脇腹を撫であげ、かわって吉田の手が、真樹の肉棒をかく。

たえまなくあふれる唾液が、真樹の頬を伝い落ち、テーブルの木を濡らしていた。

「そろそろいくぞ、お前ら、よく見てろ。こいつがどんなにドスケベなざまを見せるか」

吉田が言うと、努も英二も、その手を離し、真樹の両側に立って、真樹の全裸を見おろす。

吉田の腰の動きが一段と激しくなり、ひと突きごとに、真樹の肉体は狂った。

吉田は、両手を腰にあてがい、尻だけを前後にゆする。だから、真樹の肉体はあますところなく、努達の視線の中に晒け出されているのだ。

「ハーッ!!　ハーッ!!　ハーッ!!」

真樹の厚い胸板が、あわただしく上下し、快感の昂ぶりを示している。

もはや、その口からは、人間らしい言葉は出てこない。交尾する野獣の呻き声と喘ぎ声が、すさまじい吠え声となってほとばしり出るにすぎない。

そして、吉田の腰が、一気に突き出され、その根元まで深く真樹のケツにぶちこまれた刹那《せつな》、手も触れずに、真樹のサオからは、白濁した汁が、勢いよく飛んだ。

ビュッ!! ビュッ!!

それは顔に飛び、胸板に散り、日に焼けた黒い肌に、白い飛沫となってふりかかっていく。

「やったあ!!」

「手で握りもしないのに、射精しちまいやんの!!」

努と英二が、一斉に声をあげる。

吉田は、その肉棒を真樹のケツの中にぶちこんだまま、吉田自身の射精の余韻を楽しんでいる。

やがて、吉田は、その手で、真樹の肉体に飛び散った汁を、肌にすりこむように、まんべんなく塗りたくっていく。

真樹は、失神しているらしい。ボケッと開いた口が、閉じることなく、白い歯を見せていた。

吉田は、ズズッとサオを引き抜く。

白濁した汁が、真樹の開いたままのケツの穴から、ポタリと落ちた。

まだ萎えていない吉田のサオを、吉田は手でぬぐい、その手を、真樹の太股にこすりつけて、汚れを落とす。

吉田は、その隆々としたサオをそのままに真樹の顔の方へ行き、言った。

「だらしない奴だ。この程度のことで、失神しやがって……」

吉田は、当然のように、サオを手に取り、その筒先を、真樹の顔にすえると、勢いよく放尿する。

「ウワップ!!」

真樹はぶっかけられた水に、ハッと眼ざめ、それが、吉田の小便と気づく。

「喉が乾いただろう。飲め‼」

吉田は、それも又当然のように言い、真樹の開いた口めがけて、小便を飛ばした。

黄水の臭気が、顔と言わず、胸板と言わずぷんぷんとたちのぼる。

「おい、努‼ 次はお前だ。ズブリと掘ってやれ‼」

吉田は、そう言うと、再び、真樹の股間のところまで戻り、努を手招く。

「はっ、はい‼」

努の股間は、既にビンビンだ。

「よく見ろ、ここだ、ここにねらいを定めて、一気にぶちこめ、俺の汁が残っているから、滑りはいいはずだ」

そう言いながら、吉田は、努の背に被いかぶさり、前にまわした手で、努の勃起をつかむ。

「威勢よく勃ってるじゃないか」

「は、はい。俺、興奮しちまって、根元が痛い程、勃っちまってるんすよ」

「よし、その意気だ。さあ、ねらいはここだ、やってみろ‼」

吉田は、手で努のサオを固定してやると、努は、グイッと腰を突き出す。

努のサオは、ズブリと真樹の中へ入っていく、

「どうだ、気分は?」

「いっ、いいっす。サオがジンジンしてるっす」

「努‼ どんな気分なんだ?」

英二が横から尋ねてくる。

「先公の肉体を俺が犯してるって、実感が、サオにビシバシ伝わってくるんだよな」

努が腰を使い始めるのを見定めて、吉田は、煙草に火をつける。

「これが、お前の本当の姿なんだぜっ、真樹よ‼　担任面してサボるんじゃない、どうだ、努の腰使いは……。感じるだろう。エッ?」

「ウッ、ウッス‼」

真樹は、努に犯されながら、自分の肉体が一匹の雄になっていくのを感じる。

「努が果てたら、次は英二だ。教え子に犯されて、嬉しいか?」

「ウッス‼」

「嬉しいだろ‼　見ろよ、その証拠に、お前のイモが、また勃ってるぜ。このドスケベ‼」

そのサオを、努の手が、しごき始める。

真樹は再び、快感に身を襲わせていた。

第五章

吉田の命令で、真樹は、改めて、努と英二に、己の肉体を捧げることを誓わさせられる。

すなわち、雄豚として、二人の凌辱《りょうじょく》を喜んで受け入れることを……。

後ろ手に縛られたままの、ぶざまな格好で、二人の前に跪かされた真樹の、眼の前には、今しがたまで、己のケツをえぐりまくっていた二本のサオが、汁にまみれ、汚れたまま、半乾きになって勃っている。

「おら、おら、先公よぉ。汚れちまったぜ。どうしてくれるんだよぉ!!」

努が腰をつき出しながら言う。

「舌でぬぐわせて頂きます」

真樹は、屈辱的な言葉を言うしか、許されない。

舌を伸ばし、その先で、ていねいに二人のサオの汚れを舐《な》めあげ、そのカスの臭いのぷんぷんとするサオをきよめねばならないのだ。

「先生!! いいざまだぜ。俺のサオの味は旨いか?」

英二が言う。

「ウッス、旨いっす」

ビチャビチャという音のあい間に、自分を殺して、真樹は答える。

唾液にまみれたサオは、雄々しくそそり勃ち、真樹の鼻面を、嘲笑するかのように、ビタンビタンと打つ。

「いつまでしゃぶってんだよ、このエロ教師!! そんなに、生徒の勃ちマラが好みなのかよ、エッ!! 言ってみろ!!」

努が罵声をかます。

「好きっスッ、舐めさせて頂いて、有難いッす」

真樹は、そう言わねばならない。吉田の視線が、肉体を睨めまわしているのだ。

「チッ!! 臆面もなく、よく言うぜ」

「ほら、俺の足にキスしてみな!!」

努が言う。

真樹は不自由な肉体をかがめ、頭を下げ、努の泥まみれの足に、唇を寄せていく。

と、努の足は、スイッと上げられ、まともに、真樹の刈り上げられた坊主頭を踏みつぶすのだ。

「ウグッ!!」

地面にめりこむように、真樹の鼻面は潰される。

「何の挨拶もなしに、俺の足を舐めようってのか?」

「スッ、スミマセン!!」

口の中に青臭い泥が入ってくる。

「ゆっ、許して下さい」

努の足は、真樹の頭を倒し、その頬をムズムズと踏みしだく。

泥に汚れ、唾液に汚れた真樹の顔は、玩具のように、努の足裏で弄ばれる。

ズンと突き出されたケツと踏まれている頭との間に、斜めになった広い背中と、縛られた両腕が、肉の滑り台を作っている。

「罰として、三日間、風呂にも入れないぜ。勿論《もちろん》シャワーもだめだ。小便と精液と汗にまみれた薄汚れた肉体で、俺らのおもちゃになりな」

「ウッ、ウッス!!」

「三日間でいいのか?」

吉田が、横から口を出す。

「三日間じゃ、足りないっすか？」

努が尋ねる。

「なら、一週間にしようよ」

英二が言う。

「それで、いいのか？」

再び、吉田の声!!

「どうせなら、区切りよく十日間にしろ」

「いいんすか、十日間も……」

英二が尋ねる。

「今更、遠慮するな、どうせ肉豚扱いするなら、とことんおもちゃにするんだな」

「は、はい!!　なら、十日、いや二週間にしようぜ、なっ!!　英二」

「ウン!!　決まりだね!!」

「よし、二週間だ。いいな!!　豚は風呂に入れないからな」

努は、足裏で、真樹の頭をグイっと踏むとそう言った。

「ウッ…　ウッス!!」

真樹は答えるしかなかった。

夏の暑い日々が、しとどにかいた汗と体臭を、更に濃くするだろう。肉体に塗りたくられる精液は、すえきった臭気を発散するだろう。再び、獣の日々が始まるのだ。

若い故に脂の分泌が盛んな肉体は、今日一日だけで、ネットリと肉体を被っている。二週間が終わる頃、それは一段と厚く、脂膜を、肉体に浮かべ、ヌルヌルとなっていくだろう。その汚れきった肉体を、三人は、弄《もてあそ》ぶのだ。

その時、教師としての、担任としての尊厳は、泥にまみれ、汚されて、一匹の雄奴隷としての、肉豚としての真樹が生まれる。

吉田の計算通り、加虐者と被虐者の日々が始まるのだ。明日には、大学生となった忠之と雄一を呼ぶか、吉田は思う。

五人でかわるがわるこの肉体をいたぶってやろう。こいつは壮観だ。あいつらと努と英二、若い盛りの押さえても押さえきれない性欲が、真樹の肉体を求めて、絡みあう。

真樹はどうだ。だんだんと肉体が、それを求めて、それなしではいられなくなってきている。ほら、どうだ。努に顔を踏み潰されながら、股間は、あんなにいきり勃って、濡れているじゃないか。

まったく、いい肉体してやがる、俺の雄豚、てめえのその肉体、その面つきが、俺のサオを、痛てえ程、おっ勃たせるぜ。

努は、その時、真樹の肉体をひっくり返しあお向けにさせると、まともにその顔を踏み潰していた。おっ広げた股間は、英二の足裏で、コロコロと遊ばれている。

「ウウッ、ウウッ!!　ウクッ!!」

苦しさに顔をゆがめ、吉田に助けを求める真樹の顔を、吉田は満足気に見降していた。

明日早々にでも、股間の毛を、また剃りあげてやらねばならないな。

吉田は思った。

初出　「さぶ」一九八八年六月号

体育教師

第八話

第一章

一週間が過ぎた。

日中のほとんどの時間を、炎天下で過ごさせられてきた真樹の肌は、黒光りするほど、太陽に焼かれている。

勿論《もちろん》、あれ以来、素っ裸を強制させられているため、水泳指導の授業で、水着の跡が白く残っていたケツも股間も、今では、浅黒く日に焼かれている。

筋肉質の肉体には、その黒々とした肌がよく似合う。

だが、それだけが真樹の肉体の変化ではない。風呂はおろか、シャワーすら浴びさせてもらえぬ肉体は、若い脂がにじみ出て、テラテラとしている。汗と体臭は、肉体に染みこんだような強烈な雄臭さを発散しているのだ。

この一週間というもの、吉田は泊まりこみ昼夜を分かたず、真樹の肉体を酷使してきた。

又、努や英二も連日のようにやって来ては真樹の肉体に、若い発情期の性欲をはき出してきた。

にもかかわらず、真樹のサオから、精液を絞り出すことは、誰も許さないのだ。

あらゆる、あさましい体位で、真樹のケツの穴に、サオをぶちこみ、腰使いも荒々しく汁をぶっ放す努と英二。

口にくわえさせられるのは、日常の挨拶代わりにすらなっているにもかかわらず、真樹自身はと言えば、この一週間、禁欲を命ぜられてきた。

何もしないでの一週間の禁欲は、我慢できる。しかし、三人がかわるがわるその欲情を晒《さら》し、真樹の肉体を弄《もてあそ》び、肉体をたかぶらせながらの禁欲は、若い真樹にとって、気も狂わんばかりの責め苦であった。

味はともかく、精のつく食事をたっぷりととらされ、なおかつ、四六時中、裸体をいじくりまわされ、しかし、精液を飛ばす一歩手前まで、肉体を燃えあがらされながらも、許しはついに与えられなかったのだ。

その極限状態が、この一週間続いている。

今も又、裏庭で、三人の見守る中、真樹の肉体は、真夏の太陽に焼かれ、汗みどろのまま、見せ物とされている。

肉体のなまることを許さぬ吉田は、起きている間、食事と性戯の時以外は、絶えず、真樹の肉体を鍛えあげることにしているのだ。

竹刀を握り、千本の素振り。既に八百本目を数えている真樹の肉体は、汗まみれだ。

「エイッ!!　エイッ!!　エイッ!!」

掛け声と共に振りおろされる竹刀は、ブーンと空気を切り、汗が飛び散る。

前に一歩出るたびに、真樹の股間に起立したサオが、ブルルンと左右に揺れる。

その剥《む》けきったサオは、これ以上堅くなれぬ程、カチンカチンにいきり勃ち、雄そのものの迫力で股間に、ふてぶてしくつき勃っているのだ。

真樹の顔に粘つく半透明の汗は、すぐ前に面白半分に、努が、その顔めがけて飛ばした雄の汗だ。

勿論、顔を洗うことも許されぬのだから、ぶっかけられたまま、素振りを命ぜられればその行動を始めなければならなかったのだ。

髭を剃ることと、歯を磨くことだけが、真樹にとって許された人間らしいことで、それ以外は、あの日以来、そのままの状態なのだ。

髭を剃ることは、真樹の為に許されたことではない。伸びかけた短い髭は、吉田達の股間に顔を埋めさせ、そのマラをしゃぶらせる時に、チクチクと邪魔になるからだ。

だから、真樹の肉体を伝う汗は、汚れきった肉体に、幾条にも筋をつけて流れていく。

五ミリ程伸びた頭髪をすかして、頭皮も、浅黒く、日に焼けているのがわかる。したたり落ちる汗に、顔をしかめ、眼に入るのをふせぐこともできず、この一時間近く、真樹は己の肉体をいためつけているのだ。

その様を、吉田達は、ニヤニヤ笑いながら観ている。

少しでも気合いが入らぬと、たちまち罵声《ばせい》が飛ぶ。吉田に言われるのならば、まだいい。努や英二が野次る罵声は、真樹の教師としての立場を無視したものだった。

「おい、雄豚!! 手が落ちてるぜ。ケツの穴すぼめて、気合い、入れろ!! 気合いを…、俺達のサオをくわえて、ケツの穴の筋肉がゆるんじまってるんじゃねえのか？　だらしねえ奴だ!!」

「雄豚!!　竹刀がブラブラしてきたぜ、股間の竹刀ばっかりを、ビシビシさせるんじゃねえよ。この欲情豚!!」

そんな罵声にも、真樹は
「ウッス!!」

と答えるしかなかった。

股間は、自分でわかる程、重く汁を溜めている。若い肉体への禁欲は、股間の内部で、ジュクジュクと熟成していく汁が、熱くたぎり、濃厚な雄のエキスをよどませているはずなのだ。

そのさまは、既に真樹の肉体全体にひろがり、押さえても押さえきれぬ欲情の証しが、見るものにはあからさまにわかるらしい。

ズキズキと疼《うず》くような感覚が、真樹の股間におっ勃つサオの先から根っ子の方まで、絶えず襲いかかってくるのだ。

「九九八、九九九、千!!」

素振り千本が果てた時、真樹の両腕の筋肉のしこりは、重く、痺《しび》れるような疲労感にとらえられる。

しかし、その太い腕の筋肉の芯は、カッカと熱く燃えていた。

「喉が乾いただろう」

吉田は言う。

「ウッ、ウッス!!」

「飲ませてやろう」

そう言うと、吉田は、ポリバケツを地面に置き、努と英二に向かって言う。

「先生は喉が乾いたとおっしゃってるようだぜ」

その皮肉は、すぐに努達の納得した顔で、応じられる。

努と英二は、顔を見合わせ、ニヤリと笑いかわすと、おもむろにジョギングパンツをずりおろし、ブリーフの中からそれぞれの、雄筒をむき出す。

熱い黄水のほとばしりが、ポリバケツの中に、音も高らかに、二条の水流となって、放出される。

やがて、泡立ちもまだおさまらぬ黄水を溜めたポリバケツは、吉田の手で、真樹の足下に置かれる。

「さあ、飲め!! 雄のフレッシュジュースだ。旨いぞ!!」

「ウッス!!」

真樹は、バケツを手に取ると、それを顔のところまで持ちあげる。タプンタプンと黄水が揺らぐ音がする。

バケツの端に口をつけ、傾ける。

黄水は、真樹の口の中へ流れこんでくる。否応なしに。それを飲みたくないなどと言えば、当分、何も飲まされないことを、真樹は既に知っている。

しとどにかいた汗に、肉体は水分を欲している。

真樹は、ガブガブと音をたて、二人の黄水を飲んでいく。

真樹の喉仏は、ゴクリゴクリと上下し、そのたびに、ひきしまった腹筋が波打った。なじまされた味なのだ。

やがて、一滴も残さず飲み干したポリバケツが、地面に置かれると、真樹は、直立不動の姿勢で、ひと声吠える。

「ごっつあんす!!」

第二章

「さて、真樹よ!! この一週間、お前は、何が一番、やりたかったか言ってみろ!!」

素っ裸の汚れきった肉体を取り囲むように服を着ている吉田達が立てば、真樹の立場ははっきりと知らされることになる。

直立不動で、真樹の正面に立つ吉田は言った。

「ウッス……」

真樹は答えにつまる。果して言ってしまってよいのか悪いのか判断がつかないのだ。

そのためらいを楽しむように、吉田は、指先で、真樹の厚くせり出た胸板の左右の乳首を交互につまみ、そのコリコリとした小豆粒の感触を楽しんでいる。

「言ってみろ!! 今更、恥しさなどなかろう」

「ウッス!! 射精っす!!」

真樹は、ひと言、言う。言ってから顔を赤らめる。何故なら、努と英二が、ニヤリと笑ったからだ。

教師と生徒の間では、決して言えぬ言葉をこうして、あらためて言わねばならぬことに、真樹は、まだてらいがあった。

「射精か!! ずい分とシャれた言葉を知っているな。まだ教師面していやがる。お前のケツにこびりついたカスまで見られてる割には、格好をつけたがりやがって……」

ドッと努達が笑う。

「いいか、お前はここでは教師ではない。俺達の前では、雄豚にすぎないのだぞ。雄豚は雄豚らしく、言え!!」

「ウッス!!」

「さあ、もう一度言い直してみろ!!」

「サオをこすりたてて、溜まっている汁をぶっ放したかったす」

「フン!! 初めからそう言え!!」

露骨な表現に、吉田は満足気にうなずく。

「それほど、汁を飛ばしたかったか?」

「ウッ、ウッス!!」

「股間に溜まりきっているんだな」

「ウッス!!」

「おい、努、英二! この雄豚が、一丁前に サオをマスリたいとよ。どうする?」

「夢精しちまうより、むしろ、俺らの見ている前で、射精させた方が、面白いっすよ」

努が言う。

「こいつも若い肉体、もて余してる感じだし、俺なんか、もうとっくに限界きちまってるはずなのに、よく我慢してるって思ってましたからね……いいんじゃないすか」

英二が言う。

「ただ、普通にこすらせて、射精させちゃつまんないっすからね、吉田先生、何か考えてるんでしょ」

と努。

「二人は異存ないようだ。どうだ、一週間ぶりに、汁をぶっとばすか？」

「ウッス!!」

「その為には、どんなエゲつないことも、するか？」

「ウッス!!」

「よし、おい努!! 例のもの、用意しろ!!」

吉田が言うと、努と英二は、庭の端から、ロの字型の頑丈な木組みを、庭の中央に運んでくる。

木組の中央には、皮製のブランコが垂れ四すみには、鎖手伽が下がっている。

吉田は、真樹の肉体を、その皮製のブランコの上にあお向けに乗せ、腰のところに皮帯がくるようにする。

両手両足は、努と英二が、鎖伽に固定すれば、真樹の肉体は、大の字になって宙に浮く。

その不安定さに、真樹の裸体は揺れている。

それは、あたかも、捕えられた狩りの獲物のようであった。

おっぴろげられた脚のつけ根は、こうしてみると、三人の視線にまともに晒《さら》されるはずだ。

股間の毛は、毎日のように剃りあげられているため、薄墨をはいたような、ダイヤモンド型の毛の跡が、それとわかる無毛のひろがりだ。

その無毛の股間にそそり勃つ肉棒は、無毛ゆえに、露骨なほど淫らに見えた。

剥けあがった先っ穂の見事な鈴口は、真一文字に裂け、大きく張ったエラは左右にひらき、血管の太い筋が皮を押しあげて、絡みついている。

パンパンに張ったつけ根の肉の盛りあがりは、まるで玉が三つ連なっているかのように見えた。

吉田は、おっぴろげられた真樹の脚の間に立つと、両手で、真樹のあお向けの肉体を撫でまわし、真樹の欲情を更にたかぶらせていく。

「英二!! お前、顔の方に立って、こいつの面を、股の間にはさみこめ、そして、ケツの穴を舐《な》めさせとけ!!」

「はい!!」

英二は、すかさず、ジョギングパンツをブリーフごと脱ぎ捨てると、真樹の顔にまたがり、股倉にその顔をはさみこむ。

毛の密生した英二の尻の谷間は、責樹の鼻面にぴたりと合い、呼吸を乱す。

「努、お前、洗濯ばさみを持ってきな」

吉田が言うと、努はすっとんで、洗濯ばさみを取りに行く。

そして、両手一杯に入れてくる努に向かって、吉田は言う。

「好きなところに、その洗濯ばさみをはさんでみろ‼」

吉田が言うと、努は、ニヤニヤ笑いながら真樹の広く厚い胸板に、洗濯ばさみを食いこませて、飾りたてていく。

たちまち、真樹の乳首は、洗濯ばさみの餌食となり、きつく潰される。

チーンと痛がゆい熱さが、真樹の肉棒を襲う。

「ウウッ‼」

呻き声は、しかし英二のケツにはばまれて、くぐもった音にしかならない。

パチン、パチン、パチン
努は、真樹の胸板を、脇腹を、ヘソの周囲を、洗濯ばさみではさんでいく。

顔面全体にひろがっていく痛みに、真樹は身もだえする。ギシギシとブランコは揺れた。

「そら、これで最後だ」

努は言うと、その最後の一個は、真樹のサオのつけ根のすぐ上に、パチンとくいこませた。

数十個の洗濯ばさみは、真樹の肉を盛りあげ、その周囲を赤く染めていく。

吉田は、うかした手の平で、それらを撫でるように動かす。ザラザラとこすれあう音が、響く。

「どうだ、努。英二！　雄化粧というところだな。筋肉のかたまりのこいつには、なかなかいかす飾りじゃないか」

吉田は言う。

「こいつも嬉しいのか、俺のケツの下で、盛んに、熱い息をハフハフしてるっすよ」

英二が言う。

洗濯ばさみの痛みが、肌になじむまで、吉田は次の行動にはうつらない。

大きく上下する胸板に、洗濯ばさみの樹々が、ザラザラとこすれあう音だけが聞こえてくる。

第三章

吉田の右手に、たっぷりとオイルがまぶされる。

努と英二は、吊りあげられた真樹の肉体のおっ勃ったサオを、数回こすりあげると、真樹のサオは、これ以上腫《は》れぬほどに、堅く、強く雄を誇示し、まぶされた油に、ギラギラと輝く。

吉田は、真樹のケツの谷間に、トクトクとオイルをたらし、そこも又、ヌルヌルにしていく。

そして、おっぴろげさせられた脚の間に入った吉田は、その油まみれの手を、真樹の秘口にあてがう。

人指し指が、ズブリとつき入れられた瞬間真樹の口から呻《うめ》き声がもれる。

「クッ!!」

「男を開くんだよ。初めはきついが、そのうちに気持ちよくなるからな」

そう言いながら、吉田は中指をつき入れる。

二本の指は、ゆっくり前後に動かされ、真樹の秘口の肉壁にオイルをなじませていく。

「ああッ！　先輩!!」

真樹の口からせつなげな声がもれ始める。

そのさまを確認すると、吉田は薬指を入れてくる。

そして、三本の指が、前後に動く。

「力を抜くんだよ」

真樹の呼吸にあわせて、少しずつ、探く三本の指をつっこみながら、吉田は言う。

やがて、真樹のケツの内壁のなじみを待って、吉田は、五本の指をゆっくりと押し込んでくるのだ。

ジリジリと秘口に消えていく五本の指、もはや、真樹は頭を左右に激しく振り、痛みに身をよじっている。

「だっ、だめだ!! 先輩!! ケッ、ケツが裂ける」

「馬鹿野郎、今更、ギャーギャー騒ぐんじゃねえよ。さあ、ゆっくり息を吸え、そうだほら、吐け!! そうだ!! さあ、吸え……」

真樹の腹が、盛り上がり、又沈みこむ。

その頃合いを計り、吉田は、その太く大きい手の拳を、ズブズブと入れていく。

「ウアーッ!!」

悲鳴が、真樹の口からはとばしる。

だが、その時には、吉田の拳は、スッポリと手首まで、真樹のケツの中に入っている。

「萎えちまったぜ。おい、努、さすってやれ!!」

吉田の言葉とともに、努は、オイルにヌルつく、萎えた真樹のサオを、揉みあげる。

一時の激痛が静まれば、再び、雄々しく、勃起する真樹なのだ。

「見ろよ、カチンカチンに、勃ちやがったぜ」

吉田は、そう言うと、真樹の肉体の中におさまった拳を、ビクビクと動かす。それにつれて、真樹のサオが、ブルルン、ブルッと動くのだ。

「ハハッ、面白えや。先生の手が、ケツの中から、こいつのサオを操ってるぜ」

英二が言う。

「せっ、先輩!!」

真樹の哀願が、それに重なる。

「まだまだ、序の口だぜ。お前のケツが、どれ位スケベか、二人に見てもらえ。太てえものを喰わえると、嬉しくて、よがりまくるさまをな……」

そう言うと、吉田は更に力をこめて、手を進入させていく。

「アアッ!! アアッ!!」

そう言う声が、やがて
「ハーッ!! ハーッ!! ハーッ!!」

と呼吸する音だけになる。

吉田の体育教師らしい野太い腕が、なかば真樹のケツの中に入ってしまっている。

伸びきったヒダが、ピリピリとふるえていた。

真樹は眉を寄せ、鼻腔《びこう》をおっぴろげたまま、荒々しく胸板を上下させ、己の中に入ってくる吉田をとどめることもできず、ひたすら耐えている。

「い、いたい!! いたい、す。裂ける、裂けまっす。ハーッ! ハーッ! ハーッ! ハーッ!!」

ふき出た汗は、ダラダラと肉体を流れ、苦悶の表情にゆがんだ真樹の顔は、真っ赤に充血していた。

「さあ、もう一息だ。ひじまで入れてやる」

やがて、吉田の太い腕はひじのところまで真樹のケツの中へ消えていた。

「すっげえ!!」

英二が、つぶやく。

「こいつ、先生のあのぶっとい腕をくわえこんでしまいやんの!!」

「肉体が燃えてるぜ。体温が直かに、俺の手に伝わってくる」

吉田は、満足気に言う。

「さあ、犯ってやろう」

そう言いながら、吉田は、ゆっくり腕を引き抜き、そして、再び入れる。

真樹は、人間とは思えぬ声をあげて、このファックに身もだえする。

張《は》りきった筋肉の圧迫に、洗濯ばさみが、バチンバチンと音をたてて、はじけ飛んだ。

汚れきった肉体からは、盛んに濃い体臭がムンムンとたちのぼり、努達の鼻腔をきつく刺激する。

額にうかべた油汗は、ポクボタと地面に落下し、唾液が、あふれてはとめどなく、流れ出していく。

「どうだ!! いいか。いいだろう」

吉田は、ゆっくり腕を出し入れする。

真樹のサオの先からは、絶え間なく、先走りの露があふれ、トクトクと流れていく。

無毛の股間には、既に糸を引いて落ちた露《つゆ》が、溜まっていた。

「せっ、先輩!!」

そうひと声あげた瞬間、真樹のサオは、手も触れずに、爆発した。

ビュッビュビュッ!!

白濁した汁は、真樹の顔まで飛び、その腹面を、白く汚していく。

「やっ、やったあ!!」

英二が歓声をあげる。

一週間の禁欲で溜まりに溜まっていた雄の証しが、今、解き放たれたのだ。

ムッとする程濃い青臭い匂いが、周囲に漂い出す。

ジーンと痺れたような感じが、サオ全体を襲い、真樹は射精し続ける。全身の筋肉がビクビクふるえているのがわかる。

その射精が果てた直後に、真樹は失禁した。生暖かい小便が、タラタラとあふれ、股間を汚していくのを感じる余裕すら、真樹にはなかった。

「こいつ、あんまり気持ちよくて、ションベン、もらしてやんの!!」

努の笑い声を、かすかに聞きながら、真樹は、小便をもらし続けていた。

むしるように取られた洗濯ばさみの跡が、肌にくっきりと残っていた。

吉田の手が、その肉体を撫でていく。

溶岩のようにドロドロした、濃い精液は空気に触れて、すえた臭いをぷんぷんとさせている。

吉田は、真樹のもらした小便ともども、その汁を、真樹の肉体にまんべんなく塗りたくっていくのだ。

こすれて、泡をたてた汁は、真樹の肉体の汚れと混じりあい、茶色く変色していた。

「どうだ、嬉しいか」

吉田は言う。

「念願の射精をさせてもらって、嬉しいだろう?」

「ウッス!!」

「ドクドクと、えらく吹き出しやがって、ほら、まだ出し足りないのか、お前のサオの奴、一向、萎えもせずに、ブルブル震えているぜ」

「ウッス!!」

真樹の首から下は、その厚く広い胸板も、腹も、太い筋肉質の腕も、すっかり汗と小便の混ざりあったものに、塗りたくられる。

真夏の太陽は、その肉体を焼き、異様な臭気が、たちのぼっていく。

「さあて、俺の手は、すっかり汚れちまったぜ、どうしたらいいかな」

吉田は言う。

「クッ!! くせえ、くせえ!! お前の汁と小便と、ケツの臭いが、染みついちまう」

吉田は、何を望むのか、真樹にはわかっている。

「せっ、先輩!! 舐めさせて下さい」

「何をだ?」

「その汚れてしまった手です」

「これをか?」

「ウッス!!」

「よし、舐めろ!!」

真樹の顔に、吉田の手が伸ばされる。

真樹は、顔を起こし、音を伸ばし、吉田の手を舐める。

ピチャピチャという音と共に、吉田の汚れきった手は、拭われていく。

「努、英二、よく見ろよ。可愛いじゃないか、この雄豚は…。テメェのもらした汁はテメェできれいにするとさ」

努と英二が笑う。

しかし、真樹には舐めることしか許されないのだ。

確かに、普通の感覚では、それはできぬことだった。己のケツの穴深くねじりこまれていた手を、さらに、汁と小便と、肉体の汚れがこびりついた手を、舐めることは……。

だが、この一週間が、真樹の意識から、理性を失わせていったのだ。

どんな汚ないことでも、どんなえげつないことでも、今の真樹には、できるのだった。

飼育されていく雄豚の、それは当然の反応だった。

まだ完全に閉じきれずにいる秘口に、努の拳が、入れられる。

「本当に、ヌメッと入るんだな。こいつのケツの穴!!」

「俺にもやらせろよ!!」

英二が言う。

こうして、再び、真樹のケツ責めが続く。

さすがにひじまで入れる気はないらしいが、それでも、二人に交互に腕をねじりこまれれば、真樹の下半身は痺れたように、感覚をなくしていくのだ。

教え子に、好きなように、己のケツの穴をいじくられる。その逆転した思いが、真樹の肉体のMを目醒《めざ》めさせていく。

ビンと勃起したサオが、その証しだ。努は拳をケツの穴にねじりこませたまま、もう一方の手で、真樹のサオを、さすりあげる。

真樹の口から、喘ぎ声がもれる。

「ああ、いい、いいよ。かっ、感じる! クッ、たまらない。たまらないよ」

ギシギシとブランコは揺れ、のけ反る真樹の口からは、唾液がたれる。

「へへッ!! 面白れぇや。全身で反応しやがる。いいざまだぜ。男臭い面が、ゆがむのは……」

努が、真樹のサオを弄びながら言う。もはや、そこには、教師としての真樹はいない。その性を遊びの玩具とされる肉体だけがある。汚れきり、異臭を発つ肉体は、鍛えあげられ、筋肉のこぶが、処々に張りつめた、雄一匹の肉体だ。

努や英二の、あくことのない性欲は、この玩具となった真樹の肉体を、当然のように扱うだけだ。

「おい、英二!! 俺、ケツの中から、こいつの射精スポットを刺激するから、お前、サオをかきあげろよ。まだ、溜まってるみたいだからな」

「よしきた。たっぷりかきあげてやるぜ」

英二が答える。

それを、吉田の言葉がかぶさる。

「まあ、待て!! せっかく遊んでやるんだ。ちゃんと、こいつに挨拶させてからにしろ!!」

そう言うと、吉田は、真樹の頭を持ちあげ、己の肉体がどうなっているのか、よく見せるようにして、言う。

「どうだ。ずい分と飾りたててやったぞ!!」

「ウッス!! 嬉しいっす!!」

宙吊りの肉体をあらためて見れば、乾きかけた汁がこびりつき、その先の無毛の股間まで、みっちりと汚れきっているのがわかる。

おっぴろげた股間にそそり勃つサオは、英二が指先でつまんでいる。

努の指が、己のケツの中につき入れられているのは見えないが、肉に感じていた。

「さあ、努と英二が遊んでくれるとよ、きちんと挨拶しろ!!」

吉田に促され、真樹は言う。

「宜しく、お願いします。サオをこすりあげて下さい。まだ、溜まっているようです」

「サオだけかよ」

「いいえ、ケツも、ケツも犯って下さい」

「よし、犯ってやれ!! 黒川先生は、教え子のお前らに、己の性器をいたずらされるのがお好みのようだ」

吉田の言葉と共に、努と英二の手が動き出す。

「ああっ!! あっ!! ああ!!」

もだえる真樹のさまを、吉田は見おろす。そして、その形のよい鼻の穴に、右手の人差し指を、グイッとつっこむと、指二本で、真樹の上半身の垂れるのを、吊りあげるのだ。

無残に、鼻腔をおしひろげられ、吊りあげられた真樹を見て、努も英二も笑いころげる。

しかし、その間も二人の手は、さかんに、真樹の股間を弄び、シャカシャカシャカと音をたてて、こすりあげるのだ。

「い、いく。いくぅ!!」

真樹の肉体は、その時、固くこわばり、弓なりに反る。

無理矢理の射精は、しかし、真樹の若さの証明のように、力強く飛んだ。

「まったく、性欲のかたまりだぜ、こいつ」

努が言う。

「こんなに玩具にしても、汁だけは、一丁前に飛ばしやがる。見ろよ、二発目だっていうのに、この量だぜ。臆面もなく、よくやるぜ」

グビグビと頭を振りながら、汁を吹き出し続けるサオを、しかし、真樹にはどうしようもなかった。

真樹の射精のさまは、努と英二の欲情を、促す。当然のことなのだ。

己の汁を、肉体に塗りたくられ、荒い呼吸に、その厚い胸板を上下させている真樹を見おろすことは、努と英二に加虐者としての喜びを与えるのだ。

この素っ裸の若く逞しい雄が、自分らの担任であり、体育教師であるという意識が、二人をさらに欲情させるのだ。

汚れきった肉体から、モヤモヤとたちのぼる、普通ならば鼻がひんまがる程の臭気も、二人のサオを勃起させる。

「たっぷり絞り出してやったから、お前ら、補充しておいてやれ!!」

吉田が言う。

「もちろんす。このまま、こいつだけにいい思いさせてるんじゃ、俺の息子の奴、おさまりそうもないっすからね」

努は、そう言いぎま、ジョギングパンツをブリーフごと捨て、下半身を丸出しにする。

努は、真樹の脚の間に立つと、ねらいを定め、一気に真樹のケツの穴をつらぬいていく。

「ウッ!!」

さんざんにいたぶられてきた真樹の秘口は赤くめくりあがり、腫れていた。

しかし、それがどうしたというのだろう。若い欲情は、押さえても押さえきれぬものではない。ズブリと一気につらぬいて、努は腰を前後に振る。

宙吊りの真樹の肉体は、ギシギシと揺れ、努の腰の動きにはずみをつけられていく。その微妙な揺れの違いが、努の腰づかいによって、そのサオの根っ子まで深々と、真樹のケツに当ってくるのだ。

真樹の頭の方にまわって立つ英二は、のけ反りぎみの真樹の頭を、その股間にあてて、揺れるたびに、ザラザラと頭髪が、股間をこするように支える。

そして、己の股間を真樹の頭髪（とは言え、剃りあげて一ミリの長さしかないのだが）に刺激させて、勃起を楽しむ。

「チクチクして、気持ちいいよ」

英二は言いながら、思いついたように、平手で、真樹の頰をひっぱたくのだ。

バシッ!! バシッ!! バシッ!!

疲労から、目をトロンとさせがちの真樹は、そのたびに、意識をさまさせられ、己が今どういうざまを晒しているのか、自覚させられる。

やがて、努は真樹のケツの穴に、そのねっとり濃い雄の汁を注ぐ。それは、英二との交替のきっかけにしかすぎない。

自分の教え子に、交互にケツを掘られながら、真樹は、三発目の射精を強いられた。

努は、その汁を、真樹の顔面に塗りたくる。

「先公よぉ、満足かい。テメェの飛ばした汁で、顔中ベトベトにしてもらって……」

「ウッ、ウッス!!」

「このエロ教師、まったく好きもんだぜ」

奴の罵声に、真樹は反論する気はない。

確かに、好きもんだ。頭は逆らいながら、この肉体が納得しているのだから。

雲のかげに隠れていた太陽が、その時、再び姿を現した。全身がカッと熱く照らされる。

眩しさに顔をしかめる真樹の唇に、フッと満足の笑みが浮ぶ。

黒川真樹、体育教師、二年目の夏である。


〈完〉

初出　「さぶ」一九八八年七月号

寒稽古果てし後の…

第一段

吐く息も白い道場で、お前に許された唯一の身にまとうものは「垂」。

三枚の藍色の固い布坂。中央の布坂に縫い取られた白いお前の名。

左右の布坂は、脇股を被い、毛深いお前のもっさりと繁った恥毛は、その間からはみ出ている。

お前の股間を隠すのは、その三枚の布坂だけだ。

お前の身につけていた剣道着は、道着も袴も、面も胴も、皆、お前の肉体からはぎ取られ、道場のそこここに、お前の汗の匂いと共に、散っている。

お前に残されたものは「垂」だけなのだ。その色あせた藍色は、お前の運命を暗示する重たく垂れた三枚の布坂。前は被うだけで、尻たぶは、あらわな剥《む》き出し。

お前は項垂れ、長い睫《まつげ》を重たげに伏せている。剃り跡も青々しい頬が、緊張に、時折りビクッと動く。

まだ、どこか幼なさを残すのは、その顔だけだ。首から下は、そう、首から下は、もう既に、男だ。

肩の広いお前、ピンと張った筋肉が、項《うなじ》に三角の山を作る。

胸は、汗にテラテラと輝き、乳首のすぐ下で、確実なる段をなして、盛り上っている。

引きしまった腹は、古銭のような楕円にくぼみ、筋肉が波打っている。

難を言えば、幾分出た臍。しかし、形良い突起は、乳首との三角点となって、いとおしい。

そして、そのすぐ下から始まる純毛の一筋の路。それは、絡み合いながら、お前の肉体の中央を二つに割るように真っ直ぐ、股間へと続く。

だが、それは「垂」の為に、行き着く先を見せることはしない。

晒《さら》された尻、よく発達した筋肉が、プルルンとした尻たぶとなって、間の谷を、くっきりさせている。

毛深いお前だが、そこだけは、妙にすべすべとして、形良く張った肉のコリコリとした様を、あからさまに盛り上げている。

「気合いを入れる!!」

俺は、お前に命ずる。

「はい!!」

お前は、よく響く、若々しい声で答える。俺は竹刀の先で、お前の垂の中央の一枚を、めくりあげる。

もっさりとした繁み。それをかき分けて、お前の一物は、雄々しく怒張していく。

ピンと張った一筋の竹刀。剥《む》けきった皮はキチキチとわだかまり、艶やかな先端を剥き出しにしている。

「垂をまくってろ!!」

俺の言葉に、お前は、中の一枚を腹の上に反転させて、手で押さえる。

二枚の布板の間にあいた、薄暗い虚ろ。そこから、ニョッキと突き出てくる肉の竹刀を俺は、竹刀でこづく。

竹刀と竹刀の太刀合わせ。お前の竹刀は、精一杯固くなり、盛んに、俺の竹刀に向かってくる。

コツンコツン。竹刀を伝って、お前の若さが、弾いてくる。

「なかなかの気合いだな」

俺は言う。お前は、若者特権の爽やかなはにかみを見せる。

それでも、自慢の一物をこづかれながら、顔を赤らめるのは、純な証し。

可愛い奴だ、と俺は思う。純粋な若さで、お前は、股間をいきり勃たせる。

もう、透明な先走りが、タラリと糸を引いてくる。まだ早いぜ、もう少し、楽しませろ。

「これは何だ」

俺は、竹刀の先に垂れた、お前の汁を、眼の前に突き出し、尋ねる。

パッと紅潮するお前の顔、困ったような、その表情。更にいたぶりたくさせる。

「すっ、すいません、汚してしまって……」

申し訳なさそうに言うお前、しかし、まだまだだ。

「これは何だ。言ってみろ!!」

逞《たくま》しい肉体を、縮こませて、お前はうつむく。

「サオの露《つゆ》です」

「サオのツユだと!! お前、そんな気の利いたもん、おっつけてるのか!!」

「すっ、すんません」

たどたどしく応えるお前。

俺は竹刀の先を、お前の双玉の間、マラの付け根に当て、そこをグリグリとこねまわす。

眉をしかめ、眉間にシワを寄せて、お前は耐える。額に浮ぶ脂汗が、苦痛を物語る。

「イッ、イッツ!!」

押されて、真横に突き出た、お前のは、だが相変わらず怒張し、タラリタラリと先走りを滴らせていた。

「一丁前に、大層なモン、おっ付けてるな。俺の大事な竹刀を汚すしか能のない、こんなもん、とっとと取っちまいな」

お前は、ビクッと身震いし、それから、おずおずと片手で、股間の一物を握る。

「もぎ取れ。ほら、もっと鷲掴《わしづか》みにするんだぜ。根っ子から、威勢よく」

無理な言い分だ。だが、俺の言葉は、お前にとって絶対服従の至上命令。わかってるな。

お前は、むんずと己の一物を握りしめると、ウーンと呻きながらも、必死で、それを引っ張る。

全身から湯気を立て、お前は気張る。顔を充血させ、それはすぐに、上半身に波及していく。

息張る男は、いつ見ても美しいものだ。力を鼓舞《こぶ》する姿は、俺を恍惚《こうこつ》とさせる。

抜けぬモノを抜く、空しい努力。真面目なほど、それは、悲壮感を漂わせる。

お前のマラは、ピンと伸びきり、どす赤く色を変えている。毛が波立ち、ダラダラと脂汗が、お前の肉体を流れる。

お前は、歯を食い縛り、眼を充血させ、必死な形相で、己の男根を抜き取ろうとする。

お前の体臭が、一段と濃くなった。

「すっ、すみません。もっ、もぎ取れません」

お前は、肉体をくの字に曲げ、唇をまくりあげて、俺に哀願する。

「気合いを入れてないからだ。よし、俺が、お前に気合いを入れてやる」

俺は、竹刀を握り直すと、お前の背後にまわる。

「手を挙げて、ケツを出せ」

「はっ、はい!!」

お前は、万才をする。よく繁った腋毛からプンと汗の匂いが広がる。脇腹へと、汗の滴りが、ツツッと流れる。

お前は、俺の方に、そのプリプリした尻を突き出す。

「十発だ。一発ごとに礼を言え」

俺は竹刀を振り上げ、お前のつややかな尻の肉へ、打ち降ろす。

バシッ!! 音は、肉を裂き、道場に鳴り響く。

「有難うございます」

バシッ!! お前の尻は、たちまち赤く色をなす。

「有難うございます」

バシッ!! ぽってりと肉付きの良い、お前の尻たぶは、弾力も見事に、ブルンと震える。

「あっ、有難う、ございます」

第二段

懲罰を受けた後のお前の笑顔は、常に爽やかだ。お前は、赤斑の尻をさすりながら、叩かれる喜びの余韻にひたっている。

俺は、次のいたぶりの想を練る。

「こっちに来い」

俺は竹刀を、床に垂直に立てながら言う。お前は心配げな表情をしながら、それでも、従順にやって来る。

勃起した一物が、垂を押し上げ、中央のそれが、やけに不自然にまくれている。それはそのまま、お前の若さの誇りだ。

「ここにまたがれ」

俺は竹刀を指して言う。

「ケツに、この太い奴をくわえさせてやる。俺の竹刀に礼を尽くして、くわえろ」

お前は、床にぴたりと正座する。太い股がモリモリと盛り上がり、張り詰める。お前は両手を床につき、ペコリと頭を下げる。

長すぎも短かすぎもしない。その頭の下げ方が、きびきびした動作と共に、お前の男っぽさを表す。

お前は、両脚を開き、その中央に、竹刀の先端を当てがう。

毛を分け、捜し当てる露骨なしぐさ。後ろは、お前の後ろは、常に、入れられることを待っているはずだ。

やがて、意を決したように、お前は尻を落とす。ガクンと肉体が跳ねる。

「うグッ!!」

引きつる躯《からだ》。薄く開いた唇から、白い歯がまぶしい。眉間を寄せ、ギュッと閉じた瞼《まぶた》。

ピリピリと両脚が、小刻みに震える。

「もっとケツを割れ!! 深く、突っ込むんだぜ。」

「はっ、はい!!」

ジリジリとお前は腰を降ろしていく。ピンと伸びた背筋が、力強い。タラタラと流れる脂汗。汗臭い肉体。

数分後、お前は三十センチ近く、竹刀を体内にぶち込んでいた。

「その位でいいだろう。どんな気分だ?」

お前は、ホッとしたような顔つきで応える。

「思っていたより、太いです。でも、背筋がピンとさせられるようで、心がひきしめられます」

お前は、まだ知らない。これからが、面白いのだ。

「よし、ケツの穴を締めろ。そのまま、歩け。いいか、竹刀をぶら下げたままだぜ」

お前は、ゆっくり直立する。股間から、ぶら下がった竹刀は、お前の尻から垂れ、ぶらぶらと揺れる。

これは、相当な尻の筋肉を必要とする。重い竹刀を、穴に突き入れたまま歩けば、竹刀は、その重さで、ズルズルと抜けていく。一時の気のゆるみ、いや穴のゆるみも許されないのだ。

「あの柱の所まで、歩け!!」

お前は、小股で、ゆっくり歩き始める。歩けば、揺れる竹刀。それは、お前の尻の肉をえぐり、穴を開けようとする。

グッと緊張した尻たぶが、強靭《きょうじん》な男臭さを感じさせる。

お前は、ようやくの思いで、柱のところまで歩き着く。お前の歩いた後には、点々と汁の滴が、路となっている。

「歩きました」

「よし、その柱に手をまわせ。これから、お前のケツの締まり具合を試してやる」

お前は理由も解らぬまま、柱に手をまわす。俺は竹刀を手にし、お前の肉体をくの字にさせる。

「いいか、俺は、この竹刀を抜く。お前はケツの後ろを締めて、抜かれないようにしろ」

俺は竹刀を握ると、グイグイと引く。

「抜かれるような無様なことになれば、わかってるな。それ相応のしごきが待ってるんだぜ」

お前は必死に抜かれまいとする。肩の筋肉が、力強く盛り上がり、広い背があえぐ。

勿論《もちろん》、俺にとって、抜くことが第一目的ではない。むしろ、それは、第二次的なものだ。

では、何が狙いなのか。

答えは決まっている。

お前は、身ぐるみ奪い取られている。例えば、これが素っ裸であれば、当然のこと。ところが、お前は「垂」を股間に垂らしている。その色あせた、汗をべっとり染み込ませた垂は、お前の名前が縫い取られていることで、囚人の印となるのだ。

更に、お前の尻は、入るべからざる竹刀がぶちこまれている。決して妥協することのない固さで、太さで、それは、お前の後ろを貫いている。

お前は、それを抜かれまいと、尻をすぼめる。尻を振り、うんうんと唸る。

広い背は、大粒の汗を一面に浮べ、ヌルヌルと光っている。

それを背後から責める俺、この竹刀は、俺自身だ。だから、ただ抜くことはしない。

こうして、更にぶち突いてやる。こうして左右上下に振ってやる。抜いては、突っ込んでやる。

お前の丸い尻は、ひくひくと痙攣《けいれん》し、踏ん張った逆V字の脚は、ブルブルと震える。

尻の谷間を生い茂る毛。もしゃもしゃと、それはやけに多い。太股の肉が、汗を帯びてキラキラと輝く。

ススッと竹刀は、抜かれる。

「ああっ‼」

お前はせつなげな声をもらす。そろそろ限界か、俺は、竹刀を力まかせに抜く。

ブブブッ‼　肉がよじれ、お前の尻が引っ張られ、俺に向かってくる。

「ああっ‼」

お前の尻、まるやかな尻。汗まみれの尻。ブルンとした尻、俺の尻……。

竹刀は、最後の一点で、お前の尻をえぐり出す。

抜かれたその一瞬、お前は力尽き、柱を抱えたまま、くずおれた。

竹刀は、お前の体の奥の臭いをプンとさせ、濡れそぼっている。

ガクリと頭を落して、一息つくお前、項《うなじ》があらわになり、その汗を帯びた部分が、妙に男臭い。

「約束通り、仕置きが待っているぜ」

俺は、例の縄を取り出す。薄黒い汚れが染みついた。荒縄だ。

ささくれた荒縄。男の肌しか知らぬ縄。それは、処々で結び目が作られている。

お前には、荒縄がよく似合う。ロープは駄目だ。あまりにきちんとしすぎている。紐もいただけない。あまりに細すぎる。

荒縄の太さ、荒縄の粗野さ、お前の縄だ。その肉体が、荒縄を選ぶのだ。

第三段

汗まみれで、ヌルつくお前の肉体。脂ぎりプンプンと体臭がきつく匂う。

俺は、縄をかけていく。いつものことだ。さあ、この結び目は乳首を潰すぜ。こっちの乳首もだ。

ささくれ、毛羽立った縄が、お前のなめらかな肌を、チクチクと刺す。

お前は、俺のなすがまま、肉体を預けている。お前の肉体は、吸いつくように縄を受ける。

お前の臍、ここにも結び目。

「垂」を外し、股間縛り、秘口には、二重結びの、特別大きい結び目を当ててやろう。

俺は、黒光りする剛毛を、かき分け、それを捜す。押せぼ、ブクンとへこむ穴。

やがて、お前の肉体は、、縄模様で被われる。

「お前は、本当に縄が似合うぜ」

耳元でささやいてやれば、ゴクンと喉仏を上下させるお前。もうお前には自由はない。お前の肉体は、俺のものだ。

縄を受けてへこんだ肉、俺はゆっくり撫でてやる。ザラつく縄の感触と、汗にヌルつく生身の肌の感触。

縄と縄との間の肉が、へこんだ分だけ盛りあがり、ピチピチとしている。

堅肉のいい肉体だ。

「さあ、立て！」

お前は、唯一残された自由を、両足を使って、ヨロつきながら立ち上がる。

「いいか、兎跳びだ。道場十周!!」

俺は命ずる。

お前は、一瞬、哀しげな顔をする。俺の命令が、何を意味するか、お前は知っているのだ。きつく縛りあげられての兎跳び。いたぶりはそれだけではない。お前の肉体が激しく動けば動く程、荒縄は擦《す》れて、お前の肌を赤くする。苛《さいな》みは、それだけではない。

結び目。それは、お前の性感のツボ。動くことで縄はしまり、お前の性感は、ズキズキと刺激されるのだ。

快感が、お前の全身を駆け巡る。休むことは許されない。苦痛と快感に襲われながら、お前は、跳び続けねばならないのだ。

お前は跳び始める。ガバッと開いた両脚。カッと割れた尻、ギシギシと鳴る縄。

「ハッハッハッハッ!!」

お前の呼吸は、小刻みに、吐かれる。白い息。俺は腕組みし、お前の姿を眼で追う。

俺の袴の中で、俺の雄が勃起している。濡れる股間。欲情。

うるんだ眼をして、お前の肉体は跳ねる。おっ開げた股の間で、屹立《きつりつ》しているお前の雄。うらめしげな顔をして、お前は俺を見上げる。見上げる者は、どんな訴えも許されない。

お前の口からもれる声は、次第にせつないものに変わっていく。

よろめくお前。

「あわてて、汁をこぼすなよ。お前の汁は俺が抜いてやる。いいか、お前の汁を抜くのは、俺のこの手だぜ」

七周目、お前の尻はブルブルと震えている。

八周目、もらすまいと必死に耐えるお前。キッと結んだ唇が、唾液に濡れている。

九周目、鼻孔《びこう》がヒクヒクと張れている。

十周目、タラリタラリと先走りが光る。

額に滲《にじ》んだ汗。眼に入っても、拭うことも許されない。何故なら、お前の両腕は背にまわされ、高手小手に、いましめられているからだ。

第四段

最後の周を終えたお前を待つのは、俺の手だ。

俺は籠手《こて》をはめる。藍色のそれは、ザラつく強い布。竹刀を握る為の手袋。

俺は、お前を、道場の床に、仰向けに転がす。ぜいぜいと荒い息をするお前。盛りあがった厚い胸板が、激しく上下する。

「さあ！　握って揉んでやるぜ」

俺は、籠手をはめた手を、お前の頭上にかざしながら言う。

「嬉しいか？」

コクリと頷くお前。それ以上に、お前の股間が、その嬉しさを表現している。

それは、ビタンビタンと盛んに、お前の腹を打っている。

「ど汚ないムスコですが、どうか握って下さい位、言えねえのかよ」

俺は、お前をじらす。

「ど、どぎたない……ですが、どうか揉んで下さい」

お前は、顔を真っ赤にして言う。

「何をだ、よく聞こえなかったぜ。もっとデカイ声で言ってみな」

恥ずかしいだろう。そうさ、恥ずかしいはずだ。モロに言わねばならないんだものな。それも、デカイ声で……。だが、揉んで欲しければ、言ってみな。お前のぶら下げているものを……。

「どっ、どきた、きたない……ムスコですが、ど、どうか、揉みしごいて、下さい」

俺は会心の笑みをもらす。

「ああ、揉んでやる。だが、ど汚ないムスコを触るわけにはいかないからな。こうして籠手をつけて、やってやる」

素手で握ってもらえぬ屈辱感、お前は味わわねばならない。この粗い布の籠手。それは、微塵《みじん》のやさしさもない。

俺は、お前のいきり勃つ竹刀を握る。ビクッと身震いするお前。瞼を閉じ、全ての快楽を享受しようと身構えるお前。

お前の竹刀は、熱っぽく燃えたぎり、ピンと天を指している。

この太さ、この固さ、お前が男である証し。ムンムンと臭うお前の体臭が、俺をしびれさせる。

俺の掌の中で、暴れ狂うヤンチャ坊主。

「こいつを、まさぐられるってのは、どんな気持ちだ?」

俺は、触れるか触れぬ程度に、お前をさする。ゴリゴリした籠手は、それでも、お前を狂わせる。

だが、まだ、出すのは早いぜ。もう少し、楽しませろな。

「い、いい、いい気持ちで、です」

お前は、突きあげてくる衝動にこらえきれぬ声で、応える。

「誰に、やられても、お前のこいつは、いい気持ちになるんだろう?」

「そ、そんなこと、あ、ありません」

お前は必死に答える。脂汗が、肉体中をネットトリさせている。かすれた声。

「そんなことはないだろう。いつも、触られたくて、ウズウズしているに決まってるぜ。エッ?!

俺が居ない時は、どうしてる? 毎日、会える訳じゃないからな」

お前の唇は、赤く濡れ、乳首が固くなっている。胸板は、激しく上下する。縄が肉に喰い込む。

「お前の、この若い肉体は、一抜きせずに一日も過ごすことは、できないはずだ」

「が、我慢してます。あ、兄貴に抜いてもらうのを……」

お前の肉体が泣いている。

「そうじゃないだろう。えっ? 手当り次第に、男を引き入れて、こうやって、揉み揉みしてもらってるんだろう。白状しちまいな」

俺は、お前の肉体をごろんと転がす。お前は達磨《だるま》のように床を回転し、うつ伏せになる。

「ああ、兄貴いっ!!」

快感をはぐらかされた、怨みの声。まあ、待てよ。さあ、こうしてやる。

俺は、ブクンと突き出た双丘の間に、籠手を、ぐりぐりとねじ込み、怒張した一物を、まさぐり出す。

Vの字に開いた脚の間から、ニョッキリと飛び出たお前のモノ。

「新開配達の奴はどうだ。割といかす奴だったじゃないか。いつか、集金に来た時、お前、やけにいそいそ出て行ったな。年下の奴に、そうさ、このサオを、ゴリゴリやられた気分は、どうだ?」

「そっ、そんな、やってない、やってないすよお‼」

「それとも、角の工事場の奴か。この寒空にランニングシャツ一枚で、働いていた奴。ほら、三十そこそこって感じの奴だ。肩に、ペンキの跡がひっついていたっけな。あいつか？　土で汚れた地下足袋で、踏みしごいてもらったか」

お前の尻は、形見く、肉感充分に、俺の眼の前で盛り上がっている。汗に濡れて、ギトギト輝く谷間から、男臭い臭気と共に、モワッと湯気をたち上らせている。

俺は籠手で、脚の間から剥き出た、お前の一物を、ザラザラとこねくりまわす。

「違う‼　違う‼　兄貴以外の奴に、揉まれたことなんか、ない。ああ、兄貴、もっと強く、うぐっ‼　潰してくれよォ‼」

俺は、拳を握り、力まかせに、お前の一物を叩く。モヤモヤと湯気をたてて、お前のそれは、床の上で跳びはね、ゴロンゴロンと転がる。

真っ赤に脹れて、お前の一物は、確かな手ごたえを与える。

「アニキィ‼　アニキィ‼　オレ、オレ、イッチマウヨオ‼　許可シテ下サイッ‼　オレ、ニ、出シテモ、イイッテ‼」

お前は、うわついた声で、俺に哀願する。胸を弓なりに反らし、突っ張った脚が、小刻みに痙《けい》攣《れん》している。

お前の背に、高手小手に縛りあげられた手の指は、ギュッと結ばれ、足の指は、内側に全て折れていく。

「よし、出せ‼」

俺の言葉と時を同じくして、

「ブブッ、ブッ、ブッ、ブブッ!!」

お前は、にきび臭い雄液を、床に飛ばした。磨きあげられ、黒光りしている床に、白い汁は、八の字に散る。

「はーっ！　はーっ!!　はーっ!!」

お前は、あえぐ。喉を通る空気が、お前の一杯に開かれた口から、熱い嵐となって吹きあれた。

俺は、まだトロトロと出し続けるお前を、籠手をはめた手で、ギュッと握ってやる。ビリビリとそれは電流を走らせ、俺の掌の中で、暴れている。

俺は、顔を、お前の双丘の谷間に近付ける。ネラネラと、そこは熱くたまり、汗に濡れそぼっている。

ムッと鼻をつく体臭。すえた谷間の臭気。俺は、舌を突き出し、グチョグチョとそこを舐《な》めてやろう。お前の味がする。

「アッ、アニキィ!!　オレの肉体、汚いから、や、止めてくれよォ!!　臭いだろ!!　汗臭いだろ!!もっ、勿体《もったい》無いよ。ウウッ!!　汚れるよォ!!」

「お前は、黙ってな。俺のすることに、つべこべ口をはさむな。うーっ!!　しょっぺ!!」

俺は、お前のこの匂いが好きだぜ。溜まりに溜まった雄の分泌液が、お前の全身から、ジトジト、にじみ出てきている。

俺の舌は、お前の谷間に密生した毛を、ザワザワとかきわけ、一番男臭い部分を舐める。

肉体をよじって反応するお前。籠手の内側は、もうベトベトだ。筋肉の一つ一つが盛り盛りと力強く動き、お前の若さを語る。

この逞しい裸体が、俺の舌一つで、狂い動めく壮観さ。可愛い奴だよ、まったく、お前は……。

縛られ、転がされ、剥かれ、まさぐられても、お前は嫌とは言わない、いや、むしろ、俺にそうされることを望んでいる。

俺の為に、ジムに通い、肉体を鍛えるお前。筋肉が盛りあがる胸を見せ、「兄貴、縛られても、これで見映えがするね」と言うお前。俺が命ずれば、何発でもマスをかくくせに、俺が居ないところでは、ジッと耐えているお前。

さあ!! 褒美をやろう。

第五段

俺は、お前の手のいましめを解いてやる。緊縛から解放された腕を、お前はゆっくりと揉みほぐす。

二の腕と手首の肉が、縄模様にくぼんでいる。赤い線が二重三重に絡まった肌は、容易に元に戻らない。

いたいたしいはずのそれは、しかし、肉づきの良いお前の、筋肉体の肉質には、むしろ、似つかわしい。

ほぐれた荒縄の毛羽が、お前の肌の所々で汗に濡れて、ぺったりとひっ付いていた。

「脱がせろ‼」

俺は、お前の前に、佇《たたず》む。

「はい‼」

お前は、俺の道着の紐の結びを解く。腕を動かす度、胸板に巻いた縄が、キリリと締まり、お前の肉を、否応なく盛り上がらせる。

そうだ、手の自由を与えはしたが、お前の胸も腹も、そして股間も、まだ荒縄の統治下にあるのだ。

一発抜かれた位では、容易におさまらない、お前の一物。Vの字にかけられた縄の間で、それは、ピクンピクンと頭を振っている。

道着は、お前の手によって、丁重に脱がされる。重い藍の布は、俺の肉体の火照《ほて》りを外気に晒す。

袴の紐が解かれる。お前は不自由な肉体を屈め、爪をたて、きっちり結ばれた紐を、懸命に解く。

ハラリと袴は、前後に分かれ、ストンと滑り落ち、俺の足元に、藍色の山となる。

その下に、俺は六尺を締めているのだ。もう何日か、穿き続けているそれは、白さを失い、プンとすえきった臭気を発していた。

「舐めろ‼」

お前は、俺の尻たぶに、掌をかけると、抱きすがるように、俺の袋に顔を寄せる。

鼻腔《びこう》を脹らませ、臭いを嗅《か》ぐお前。俺は、お前の後頭部に手をかけ、グッと引き寄せる。

俺の薄汚れた六尺に、お前の顔は潰される。

「どうだ、臭いか?」

コクコクと頷くお前。

「お前の好きな臭いだろう」

コクンと頷くお前。

「うんと嗅げよ。俺の肉体の臭いだぜ」

ああ、お前の熱い息が、布目を通して感じられる。お前の舌が、俺の一物の上を這《は》っている。

唾液で濡れたそこは、煮しめたような俺の体液を溶かし出し、お前の舌に広がっていくだろう。

俺が、お前のきつい体臭を好むように、お前は、俺の汚れきった股間の匂いを好む。いや、好むようにさせられたんだっけな。お前の肉体は、もうこの匂いなしには、燃えなくなっているのだ。

「さあ、くれてやる。生のモノをしゃぶらせてやる。好きにしな」

お前の手は、六尺をほどくのももどかしく、ハラリと落ちた六尺が包んでいたモノを晒け出す。

俺は腰に手をやり、仁王立ちだ。俺の視線の下で、縄で縛りあげられた、お前の艶やかな広い背がうごめていた。

「兄貴! 本当に、くれるんすか? 兄貴のこれ、オレの好きにしていいんすか?」

好奇の眼で見上げるお前。そのお前の鼻面を、俺は俺の一物でピタンピタンと叩いてやる。

嬉しそうなお前の顔に、俺の先走りがはねかかり、点々と糸を引く粘液が散る。

「ああ! 兄貴ィ 好きだ、好きだよォ!!」

お前は、舌を出し、むしゃぶりついてくる。お前の舌は、太股の内側を、じっと濡らしていた汗をすすり、毛の茂みをかきわける。

ザラザラとした、熱すぎる舌の動き。

己の一物を舐めさせると言うのは、常に、俺を狂わせる。

お前の為に、俺はわざと、股間を洗わない。それ故、そこは、汗臭い臭気がこもっている。夢精の残り香がからみついている。チビッた小便の臭いが、ひっ付いている。

俺の股間を洗うのは、お前の口以外の何があるだろうか。

お前は、俺の根元に指をそえると、口の中に入れてしまう。

「ウウッ!!」

思わずもらす呻き声。

お前の口の中は、ネットリとした唾液で満ち、俺のモノをからめる。俺はチビリそうになる。体の芯がとろけ、何ともせつない気分だ。俺の剥けきった先端が、お前の喉壁を突き、ググッと滑る。

「ああっ!!　いいぜ」

俺は、肉体の痺《しび》れを感じる。

お前は、ペチャペチャと湿った音をたてて俺を舐めまわす、お前の唾液をまぶされ、吸収し、それはギトギトになっていく。

舌が、ツツッと這いあがり、裂け口の所でチロチロとせわしなく動く。

「兄貴の味がする。兄貴の味だ」

頬をすぼめ、懸命に吸うお前。ひきずり込まれるような錯覚。キュルキュル絞られ、脹《ふく》れていく俺。

若さにまかせて、お前は強引に吸いあげる。とめどない先走りが、尿管を流れていく。

俺は、これ以上、立っていることができない。お前に行為をさせたまま、俺は、ゆっくり体を横にしていく。

仰向けに寝転ぶお前。うつ伏せに寝転ぶ俺。股間と口でつながった男と男の結合。

俺は、構わず、俺の体重をお前にのしかける。お前は、俺の股間に、ムギュッと顔を潰される。俺を頬張ったまま、お前は呼吸する空間を奪われてしまったのだ。

だが、たとえ息苦しくても、お前は、俺の一物をしゃぶり続けねばならない。

俺の股間で、ムズムズ動くお前。そろそろ息が苦しくなってきたのだろう。

思いきり空気を吸うかわりに、今のお前に吸うことを許された唯一のものは、わかっているだろう。それが何かを……。そうだ。お前が今、含まされているものだけだ。

お前は、舌を動かし、唇で締めつけてくる。わずかな隙《す》き間をぬって、お前の熱い息がもれる。

俺の繁みは、お前の顔一面に広がり、チクチクと刺していることだろう。そこは、すなわち、俺の匂いの巣窟《そうくつ》だ。

舐めろ、吸え、絞れ、お前には、最高の褒美だろう。

「ううっ!! き、きくぜ。フッウーッ!! たまらんぜ」

俺は尻をガクンガクンと上下させ、つのりくる快感の永続を図る。お前の顔が、股間に、ブシュプシュと潰されることは、俺が知ったことじゃない。

俺の薄皮が、パンパンに張りきり、グジュグジュと汁が根元に溜まっていく。

「クッ、ククッ!!」

俺は最後の抵抗を試みる。が、お前の舌がベロンと下から上へ、舐めあげた一瞬！

「アグッ!!」

俺の肉体はビリビリと痙攣《けいれん》し、尿管一杯に粘液がさかまく。

プチッと何かが切れ、と思うや否や、俺は、お前の体奥から、せめき飛ぶ力を感じた。

俺は、お前の上にバタンと倒れる。伸びきった一物は、お前の喉奥く突き入れられ、そこで、ビビュッと汁を飛ばし続ける。

快い疲労。ぐったりとゆるんだ全身の緊張。何もしたくない。このまま、こうして……。

俺は、うつ伏したまま、快感の余韻にひたる。俺は、お前の顔を、股間で押し潰したまま、享楽の果てを楽しむ。

お前の舌が、再び動き始めるのを、肉体のどこかで感じながら……。

〈完〉

初出　「さぶ増刊号」一九八一年四月号

兄貴の愛し方

一

ほとんど地肌が見えるほど清冽《せいれつ》にかりあげられた頭が、のけ反るたびに、濃い太い眉と眉の間に、キュッと皺《しわ》を描く、堅く閉じた瞼《まぶた》は、開けばおそらく切れ長の眼差しの鋭いものとなろう。

喉仏《のどほとけ》がゆっくりと上下するたびに、なかば開いた唇から、押し殺したような深い息がもれた、唇の端から、光って糸を引くのは、唾液か、もうすすりあげることもせず、若者は流れるにまかせている。

和馬《かずま》と言う。十八になって三月が過ぎた。人工的に造り上げたものではない、筋肉質の肉体は、あと数年すれば、熟れきった男の匂いを発するに違いない。しかし、今はまだ、青年期特有の青々《せいせい》とした色気を、それでも充分に濃密に身にまとっていた。

額につぶつぶと吹き出た汗が、タラタラとその頬《ほお》を伝い、これもまた汗まみれの肉体へと流れ落ちていく。

太い二の腕は、その広い背でくくられ、和馬のぶ厚い胸板は、肉の盾《たて》のように盛りあがっている。乳首をつらぬいた金属の小さな輪の先にぶら下げられた鈴が、左右二つづつ、計四つ、和馬の肉体の動きにあわせて。シャランシャランと鳴っている。

赤黒い乳首は、ピンと勃ち、小豆粒のようにその胸板を飾っているばかりでなく、その乳根にあけられた穴を引きながら、小刻みに揺れる鈴の金属色が、光にキラッと輝くたび、この若い雄の肉体が、既にどのような扱いをされているか暗示していた。

和馬の肉体が上下にゆっくりと動く。うさぎ跳びの格好と言えばいいだろうか、両腕を背中でくくられ、太股を大きく左右にひろげた和馬は、しゃがみこみ、又伸びあがりかけ伸びきらぬうちにまたしゃがみこむ、この単調な動きを繰り返すのだ。

うさぎ跳びと違うのは、それがひどくゆっくりと行なわれること、そして、一つ所で際限なく繰り返されていることだ。

シャランシャランと鈴の音は、既に三十分近く続いている。不自然な格好のままのこの過酷とも言える奴隷行為に、和馬の肉体は汗まみれになり、きつい臭いを発散していた。だが、まだ兄貴の許しはない。この苦役から解放されるのは、まだしばらく先となろう。

しかし、一般人ならば、脚がブルブルとふるえ二十分と保たないであろうこの行為を、和馬の鍛えこんだ太い筋肉は耐えている。

しごかれ続けてきた肉体なのだ、ムリムリと筋肉のよじれが、和馬の若さを証明していた。

そして、もう一つ、和馬の若い雄としての証明は、そのひろげられた股の中心にある。あからさまにガッと開かれた股間には、これ以上大きく怒張できない程に勃起した男根がそそり勃っているのだ。

握りしめる手の指が届かぬ程太いそれは、キチキチと皮をめくりあげ、二十センチ近くある雄身を屹立《きつりつ》させている。

すっかり露呈したプラムの裂け口は、ヌルヌルと濡れそぼり、透明な粘液をもたらしていた。

その根元は細紐でくくりあげられ、双つの玉袋も別々に縛り分けられている。更に、本来ならこれだけの肉体の持ち主である若い雄ならば当然黒々としているはずの股間は、すっかりと剃りあげられ、地肌をあらわに晒《さら》しているのだ。

しとどにかいた汗で、そこはヌルヌルと濡れ、雄の脂と混ざり合い、ギトギトと照り輝いていた。

「苦しいか?」

兄貴の声がする。

顔をしかめ、薄目を開けて兄貴を見る和馬だが、ゆっくりと顔を左右に振る。と、その一瞬、再び「ウッ!!」と押し殺した声を上げ和馬はのけ反った。

二

さて、そろそろ和馬の肉体に加えられているいたぶりの概略については述べ尽くした。だが、その最後の一点のみ、語ってはいない。

そう、和馬の勃起した男根のわずか下に見えるもの、その張ったケツの双つの丘の中心に、それは先刻から見え隠れしていたはずなのだ。

それは黒いゴム製の人の腕だ。肩のつけ根からスッパリと切り取った様《さま》の、堅いゴムの腕は、台の上にしっかりと据《す》えつけられ、大地から生えた筍《たけのこ》の如く、その太々とした腕の肘から上は、当然のことだが、和馬のケツの谷間を割り、その秘穴をキリキリと押しわけ、肉襞をえぐって、ケツの奥深くぶちこまれているのだ。

つまり、和馬がしゃがみこめば、その太い腕は、和馬のケツの穴の奥襞をブスブスと押しわけて没入し、伸び上がれば、ズズッと外へと出てくる。

ここまで調教するのに三ヶ月かかった。兄貴のつぶやきが聞こえてくるようだ。

そのゴムの腕は、和馬の腕を型取りして仕上げられている。すなわち、和馬は己の腕で己のケツを、こうして三十分近くも、果てしなくえぐりまくっていることになる。

「この好きもんが……」

兄貴の罵声《ばせい》があびせられる。罵声が更に和馬の肉体を欲情させることを、兄貴は知っているのだ。

「てめぇの腕首を、てめえのケツにえぐりこんで、気持ちいいか?」

兄貴の声がする。

「……」

和馬の先走りの露にまみれ、ギトギトになった男根が、ビクンとうちふるえる。

「返事は?」

「いっ、いいっすっ」

苦痛と快感にしゃがれた和馬の声が答える。

その答えと共に、ドッと笑い声が、和馬の周囲からもれる。

そう、そこには兄貴と和馬の二人だけがいたわけではなかったのだ。兄貴の友人達、兄貴と好みを同じくする男達、とは言え、和馬とさほど年令が離れているわけではない男達がいたのだ。

「自慰と言えば、これほどすさまじい自慰もないだろうな」

声がする。

「根っからの淫乱だぜ。さもなきゃ、こんな衆人監視の中で、素っ裸の肉体を晒《さら》して、ケツの肉襞をこすりまくるかよ」

その声が耳に入っているのかいないのか、和馬はただひたすら、しゃがみ、又立ち、しゃがみ、ゆっくりとその肉体を上下させる。和馬に今、許されているのは、その行為だけなのだ。

「兄貴!! こいつ、そろそろいきそうだぜ。鼻の穴、ヒクヒクさせてやがる」

声がする。

「どうだ、いきそうか?」

兄貴の冷やかな声がする。

和馬は閉じていた眼をひらく。そして兄貴を見つめる。

潤んだ眼は、青年期特有の清冽な眼差しとなって、せつなげに訴える。

……イカセテ下サイ。サオノ芯ガ痛イ程、勃ッチマッテマス、コノママデハ、俺、ドウカナッチマイマス、兄貴!! 兄貴!!……

既に四日、風呂にも入れてもらえぬ和馬の肉体は、雄の脂っこい分泌液にヌルヌルとし、しとどにかいた汗の臭いと共に、獣じみた強烈な雄臭さにむせかえるほどだ。それが今、欲情した雄の臭いと混じりあい、蒸れきっていた。

「まだいかせねぇよ。もう少し、てめえの肉体を遊んでからだぜ」

兄貴は言う。

「晒しものになった雄はな、晒しものらしく、皆にその肉体を見て頂かねばならねえんだぜ」

「そうだ、見せろ!!　見せろ!!」

和馬と同年代の若い声が、なかばからかうように続ける。

「ケツの穴をこすって嬉しがるのはてめえ一人だぜ。むっつり黙りこくって遊びやがって……。お前の自慰を見てても面白くねぇや」

「……」

和馬はうなだれるしかない。うなだれれば己の厚い胸板が見える。ピンと勃った赤黒い乳首の下で鈴が鳴る。その下には、どうしようもない程ビンビンにおっ勃った、慰めようもない雄の証しが、クピクピとしきりに首を振っては、先走りの露を周囲にふりまいている様が見えた。

「ケツの穴から自慰棒を抜き出して、こっちに向けてケツを突き出してみろ。てめえの雄のオマンコが、どれだけ卑猥《ひわい》にグチョグチョに濡れているか、皆に見てもらえ」

兄貴の命令は至上だ。絶対服従こそ、和馬に許された唯一の行為なのだ。

和馬は、己の肉体を立たせていく。ズルズルと黒いゴム製の腕は、和馬のケツの穴からぬめり出ていく。拳固《げんこ》に握られた握りこぶしは幅十センチは越えている。それがヌムッと肉襞を押しひ

ろげ、和馬の秘口をくぐり抜ける一瞬、和馬は

「ウッ!!」

とうめいた。

だが、そのまま休むことは許されない。和馬はくるりと後ろ向きになり、肉体をくの字に曲げて、ケツを突き出す。開いた両脚は逆Vの字に、その筋肉質の脚の線を強調する。

そして、その逆Vの字の頂点にプリプリと堅肉のケツが盛り上がり、その谷間を衆人に晒け出していた。

「見ろよ、まるでメンタイコだぜ。グジュグジュに濡れてるぜ」

和馬の背後から、和馬の恥部を観察する声がする。

恥かしい……と和馬は思う。だが、自分の裸体を、わけても秘部をのぞかれ、はずかしめられることに、和馬はいやます欲情を感じていることをまだ知らない。

「めくりあがった肉襞の赤黒さが、やけに猥褻《わいせつ》で、そそるぜ。ごつい肉体に雄臭さをプンプンさせながら、ここは、入れてくれと、せがんでやがる」

和馬はひたすら耐える。唇をかみしめ、自分と同年代の若者達から加えられる辱《はずか》しめを耐え続ける。そんな和馬の様子を見ながら、兄貴は思う。

……テメエ、マダ人間扱イサレタガッテイヤガル。ソノ甘エタ根性ガ生意気ナンダヨ、俺ノ性具ニハ、ソンナ感情ハ不要ダゼ。早ク、捨テチマイナ……。

三

「おい、お前ら、こいつ、まだケツの穴をえぐり足らねぇらしいぜ。誰か、生の腕をねじりこんでみてぇ奴はいないか?」

兄貴は、和馬の思惑にかまわず、更に和馬の肉体をなぶりまわすつもりだ。

「おぅ!!」

「おぅ!!」

一斉に雄臭い声が、和馬の周囲を包む。

「おい、和馬馬!! てめぇ、雄冥利《おすみょうり》に尽きるぜ。どいつもこいつも、てめぇのこの小汚ねぇケツの穴に手を突っ込んで、てめぇの肉襞をかきまわしてくれるとよ」

そう言いながら、兄貴の指が、ヌルッと和馬のケツの谷間をさすってる。

「ああっ馬!!」

思わずもれるせつな声に、若者達の欲情はたかぶらされる。

「やりてぇよ。兄貴!! 俺にやらせてくれよ」

「俺にまかせてくれよ。ガバガバやらせてもらうぜ」

次々に声が上がる。

「まあ、待て!! 順番にまわすってのも面白いが、十五人のぶっとい腕で、ケツの穴をえぐられちゃあ、こいつの肉体もつかいもんにならなくなる。あとで肉棒をまわし入れする時に、ゆるんだケツの穴ではしまらないからな。一人を選ぼう」

兄貴が言う。

「オーッ!!」

と雄の声が答える。

「いいか、お前ら、順番にこいつの雄ザオを握れ。但し、搔《か》くな。上下にこすりあげたら資格はなくなるぜ。握るだけだ。指の力の入れ方一つで、こいつの雄汁を吹き上げさせた奴に、こいつのケツの穴を進呈ってのはどうだ」

「いいすよ。それでいきましょう」

口々に答える。

兄貴は和馬を直立させる。

うつむく和馬の顎を指先でツンと上向かせると言った。

「皆さん、てめぇの雄ザオを握って下さるとよ。四日分、溜まりに溜まって、ポッポと燃えてるんだろ。有難いな。エッ!! そうだろ」

「ウッ、ウッス!!」

和馬はそう答えるしかない。

「なら、お前の口で、皆さんにもう一度頼めよ」

「ウッス!! 宜敷《よろし》くお願いします」

和馬は言う。

「何を宜敷くされるのか、わかんねぇよ。ちゃんとわかるように言ってもらわなきゃあな」

声がする。

「言えよ」

兄貴は、和馬の耳元に口を近づけ、低い声で命じる。

「ウッ！　ウッス!!　自分の、このサオを握って下さい」

ようやく口に出した言葉は、かすれて口の中に消える。

「四日分の雄汁が玉一杯に溜まりきっています。先走りの露と雄の脂でギトギトに汚れていますが、どうか、握って、自分に射精させて下さい」

たちまち、一本の腕が、和馬の股間へと伸び、そのそそり勃った雄身を握ってくる。

素っ裸の逞《たくま》しい裸身を晒し、直立不動の和馬は、その太い両腕を背に縛られるという不自由な体勢で、己の雄の証しをいたぶられる。

とは言え、その根元は細紐でくくりあげられているのだ。容易に雄汁を吹き上げることは出来ない。

そのカチンカチンに堅くいきり勃った男根は、何人もの、自分と同年代の若者達にたらいまわしにされ、握られ続ける。

根元から一指一指力をこめてしぼられる和馬、剥《む》けきった皮のキチキチとわだかまる首を、集中的にしめあげられる和馬、つぶさんばかりの圧迫を加えられる和馬。

それは際限なく和馬の表情をたかめていく。次々に和馬の肉体に火をつけていく。

筋肉のかたまりのような両脚を開いた和馬の腰が前へ前へと突き出されていく。雄を強調するその姿勢が、やがて小刻みに震え始める。

「ウウッ!!」

和馬の口から、絶え間なくあえぎ声がもれ始める。汚れきった肉体は、汗を吹き出し、雄の脂と混ざり合い、ドロドロと鈍く、濃密な光沢を帯びていく。雄の臭いが強く漂う。

手が握る。手が変わる。指がしまる。指がゆるまる。先走りの露に、そこはもうジドジドと濡れきっている。

「い、いくっ!!」

和馬は、その一瞬吠えた。弓なりに反った逞しい雄の肉体が、ビンと堅くなり、筋肉の唇がブルブルと震えた。

ビュッ!! ビュッ!! ビュビュッ!!

白濁した粘っこいかたまりが、宙を飛び、ボタッボタッと音をたてて、地面に振り落ちていく。

四

自分以外の者の番に、雄汁をもらしたことへの怒りが、周囲の若者の口から一斉に罵声となって、和馬にたたきつけられる。

その罵声を聞きながら、しかし、和馬は、射精し続ける快感に酔っていた。

「この雄豚め! 勝手に汁をもらしてやがって」

「てめえのマラを握ったおかげで、指の間にまで、てめえのネトネトの汁がついちまったぜ。ウッ!! 臭せぇ!! 臭せぇ」

「いつまでも射精してるんじゃねえよ。眼をトロンとさせやがって、このドスケベ!!」

それらの罵声の中で、一人の若い男の手が和馬のプリプリとした弾力のあるケツの双丘を撫でながら、数馬の耳にささやく。

「うんと可愛がってやるからな。どうだ? 俺の腕が欲しいか? 欲しくて、ケツの穴は濡れているか? まったくいいケツしてるぜ」

その声と同時に、和馬の肉体は前のめりにくの字に曲げさせられる。

「俺が欲しいか?」

若い声が言う。

「……」

四日分の射精の快感に、和馬の脳はまだ働かない。

「返事はどうした? 俺が欲しいか?」

「ウッス!! 欲しいっす」

「よし、頼め!! 自分のケツの穴に、兄貴の腕をえぐりこんで、ガバガバ出し入れして下さいってな」

その言葉にドッと周囲から笑い声があがる。

「自分のケツの穴に兄貴のその腕をぶち入れて、ガバガバえぐりまわして下さい」

和馬は言う。

「声が小せぇんだよ。もう一度言ってみな」

「自分のケツの穴に……」

それは五度六度と繰り返させられる。当然のことなのだ。

喉の奥がヒリヒリと熱く痛む程、和馬はこの男の自尊心をメタメタにさせる台詞を言わせ続けられる。

「お前、男だろう? 股間にぶらさげているサオ位、ぶってぇ声出せよ。もう一度言ってみな」

「スッポンポンの肉体を晒して、ケツ振って、欲しい欲しい。まったくよくやるぜ。こいつ」

「見ろよ、また股間のとんがり、おっ勃ってきやがった。ヒクヒクと頭をふり出したぜ。根っからの好きもんだぜ」

そんな嘲笑《ちょうしょう》をあびせられながらも、和馬はひたすら吠え続けさせられるのだ。

「アウッ!!」

その一瞬、和馬の肉体は前のめりになる。双丘をこじあけて、若者の腕が、和馬のケツを割った。

「ハーッ!! ハーッ!! ハーッ!!」

一杯に開いた口から、荒々しい息がもれる。若者の野太く堅い腕が、和馬のケツの肉襞をグリグリと押しひろげ、次第にめりこんでいく。逃れることは許されない。衆人監視の中なのだ。

やがて若者の五本の指は、肉の穴へと消え、手首が肉の穴をひろげる。そして、肘近くまで進入したそれは、和馬の秘口をキリキリと広げるだけ広げた。

「どうだ? 感じるか? 感じるかよ?」

若者の声がする。

「ウーッ!!　ウーッ!!」

和馬は呻《うめ》く。呻きながらも、和馬は、己の雄身がもうどうしようもない程カチンカチンにいきり勃っていることを知った。

和馬の秘口の奥深くで、若者の五本の指が開く。腹の芯がかきまぜられる。脂汗がドッと吹き出る。めまいを起こす程の快感が、和馬を襲った。

雄そのものの和馬の肉体が、男の腕一本に犯される。その被虐的な充実感に、和馬は酔っていた。

若者の腕まわりの太さが、和馬のケツの中で、思うがままに、暴れている。

「ハーッ!!　ハーッ!!　ハーッ!!」

和馬は、口を一杯に開き、肉体の芯からの息を小刻みに吐き出し続ける。

「坊やは、下の口一杯ほおばりながら、上の口もさびしいとよ。口をパクパクさせてるぜ」

その声と共に、肉体をくの字に曲げて、頭を前のめりに突き出した和馬の刈り上げられた頭が、二本の腕にはさみ取られる。

顔を正面に向けさせられた和馬の眼の前に黒々とした剛毛にふちどられた、脂っこい雄の勃起がそびえていた。

「くわえろよ」

それは無理矢理、和馬の口の中へ突き入れられる。

「ムグッ!!」

和馬はうめいた。圧倒的な雄臭さが、すえた汗の臭いと共に、和馬の鼻腔《びこう》に充満する。和馬の口一杯に塩辛いような先走りの露の味が広がっていく。

「手を抜くんじゃねぇ。てめえの舌は何の為についてるってんだ。俺のサオを、なぐさめるんだよ。ほら!!」

和馬は舌を若者のいきり勃って熱い肉棒にからめ、唾液をまぶし舌先で、その鈴口をエロエロと舐《な》める。

「フフッ!! こいつ、根っからのスケベだぜ。へッ!! こたえられねぇや。サオの先がビンビンくらぁ」

若者はその両手で、剃りあげたに近い和馬の頭皮の感触を楽しみながら、その尻を前後に揺らす。

口中一杯に溜まった唾液を飲みこむ暇も与えられない和馬は、ダラダラと口の端より、よだれを垂れ流し続けた。

やがて、若者の手が、和馬の頭をグイッと己の股間に引き寄せる。和馬の顔中に若者のモシャモシャとしたマラ毛が押しつけられる。

「いっ、いくっ!!」

和馬の喉奥に、ビシャビシャと音をたてて、若者のねっとりと濃い雄汁がはじけ飛んだ。

若者の太く長い肉棒が、ズルッズルッと抜き取られていく。

「一滴もこぼさず飲むんだぜ」

若者の威圧的な声がする。

だが、それで解放されるはずはなかった。すぐさま二本目の肉棒が、和馬の唇をこじあけ、侵入してくるのだ。

欲情に濡れた若者達のマラは、こうして、かわるがわる和馬の口を犯し続ける。先走りの露と和馬の唾液がいり混じった粘液に、和馬の顔から太い首にかけて、ベトベトになっていく。

白濁した濃い雄汁の臭いと味が和馬の口一杯にこびりついて離れなくなっていく。

素っ裸の裸身を晒す和馬。ヌメヌメと脂ぎった肉体からは、濃く雄の臭気を発散している。刈りあげられた頭を、肉を押しつぶす程強く、若者達の荒々しい手で抱えられ、その股間にグリグリとこすりつけられている。

ピンと勃ったぶ厚い胸板の乳首につけられた鈴が、シャランシャランと単調な音を繰り返す。くの字に無理矢理曲げられた肉体は、見おろす若者達の視線の下で、筋肉質の弾けるばかりの肉のよじれを見せつけて、逆三角形の見事な見本だ。その背にまわされた太い腕は、交差するように手首を縛りあげられ、長時間の縄の圧迫に、赤黒く色をかえている。

グイと開いた両脚の頂点の形の良いケツたぶ。その谷間を、今、太い腕が、ゆっくりと出し入れされ、ケツの肉襞をグジュグジュと音をたてて、こそぎあげている。

だが、その和馬の股間を見れば双玉を細紐で別々にくくりあげられ、その根元を縛りあげられた和馬の男根は、鶴の首のようにスックと勃ちあがり、亀の首のようにみだらに、堅く、熱くいきり勃ち盛んにふりたてている。

その猛々しい雄ぶりの、なんと力強いことか。その恥辱《ちじょく》の限りをその若々しい肉体に加えられながらも、これ程までに熱く燃えたった雄の誇示の、なんと濃厚なことか。

和馬のケツの奥深くで、若者の握りこぶしが、グリグリと回転する。ピリピリと小刻みにふるえる和馬の男根の先から、トローっと透明な粘液が、糸を引いて垂れていく。

口の中では、七人目の若者の雄汁が、和馬の喉仏へ向かって、勢いよく弾を飛ばす。またねっとりと強い臭気が、和馬の口の中一杯にあふれていく。

背中で縛られた和馬の手に、一段と力が入り、ギュッと色を変える程、強く握られた一瞬……。和馬の股間にいきり勃っていた雄の肉棒が、その鈴口をカッと開き、ビュッビュッと白濁した汁を飛ばすのだ。

ああ、いい、スゲエ、肉体中が一本の男根になったみてぇだ。出、出ていく。肉体中の精液が出ていく。アアッ!! アアッ!! アーッ!!

和馬の肉体から、次第に力が抜けていく。ケツの穴から、ズルズルと腕が抜けていく。暗闇。和馬はその絶頂の中で気を失っていく。

「こいつ、意識がプッツンしちまったぜ」

「見ろよ。気を失いながら、マラから汁があふれていくぜ」

そんな声をどこかで聞きながら……。

五

真っさらな白いシーツが、ダブルのベッド一面にひろがっている。その白一色のシーツの海の上に、和馬の肉体は大の字に開かれて、投げ出されていた。

若い肉体が分泌した脂と、しとどにかかされた汗と、唾液と、若者達の雄の粘液に、汚れきった和馬の肉体は、しかし、そのドロドロに汚れている故に、更に雄の臭いを誇示するかのようだ。

扉が開き、素っ裸の兄貴が入ってくる。手に持ったグラスの中の氷がカランと透明な音をたてる。

「気がついたようだな?」

兄貴の肉体が、和馬の肉体の横に乗る。

「兄貴!!」

頭をもたげる和馬の首に、兄貴の腕がまわされる。

「飲め!! 喉が渇いただろう?」

兄貴の手に持たれたグラスが、和馬の口元へ運ばれ、和馬は差し出されたグラスに口をつける。

その液体は、冷たく冷やされ、薄い黄に染まっていた。

和馬は、一口、飲んだ。兄貴の熱い視線が和馬の顔を凝視《ぎょうし》している。

カラカラに乾いた和馬の喉を、それは冷たくうるおしていく。

ゴクリ、ゴクリと和馬は飲む。喉を伝い、胸を降りていく冷たさが、和馬の意識をよみがえらせていくようだった。

和馬は知っている。飲む前からそれが何であるかを……。

薄黄の液体は、アンモニアの臭いがした。

だが、それが例え兄貴の小便であろうと、既に今の和馬にとっては、甘露のように思える。

「旨いか？」

兄貴が問う。

「旨いっす」

和馬は、一滴残さず飲み干すと、言った。

「可愛い奴だぜ!!」

兄貴が笑う。

その兄貴の笑顔と言葉に、和馬は訳もなく胸がときめく。

「もっと欲しいか？」

兄貴が言う。

「欲しいっす。出来れば、直接兄貴のここから……」

そう言いながら、和馬は大切な宝物を扱うように、兄貴の股間へ手をのばす。

「よし、純生を飲ませてやる」

兄貴は和馬の胸のところに、両脚を大きく開いて、膝立ちになり、和馬の頭をグイッと起きあがらせる。

和馬はその手を兄貴の腰にまわし、兄貴の股間へ顔を埋《うず》めていく。

口中に含んだ兄貴の肉棒は、確かに兄貴の匂いがする。その匂いを、和馬は頬をくぼませ、チューチューと吸う。まるで親鳥に甘えるひなのように……。

吸いついてくる和馬の口の中へ兄貴は平然と小便をたれる。きつい臭気の泡立つ、純生の黄水を和馬は喉を鳴らして飲む。

兄貴の小便はとめどなく続く。最初の頃は飲み込む事も忘れ、小便はただダラダラと口から溢れ、和馬の体を汚し、兄貴から制裁のビンタがとんだ。

しかし今は、うまく、口の中一杯になるまで小便をため、それをゴクリとやる。その間にも兄貴の小便はとめどなく、その鈴口を目一杯広げ、注ぎ込まれてくるのだ。

しかも、その行為だけで、あれほど雄汁を吹き上げた和馬の太竿は見事におっ勃ちきる。

指一本触れずに、サオは亀頭溝まで完全に皮を押し下げ、龍のような血管を浮き立たせる。

反りかえり、ビクンビクンと頭をふるそれに兄貴が手を差し伸べることは滅多《めった》にない。勿論《もちろん》、自分の手で握るなんてことはもっての外だ。

それでも和馬のサオが、耐えきれずに吹きあげることを兄貴は知っている。指一本触れなくてもだ。責め方によっては、いくらでもそれが可能な事を、兄貴は和馬の体を使って試しているのだ。

それが当たり前の光景になるまで三ヶ月かかった。兄貴は思う。

己の肉体を、どれ程いたぶられようが、どれ程辱められようが、こいつはもう俺なしではいられない。例え、言葉では否定しても、この肉体が求めるだろう。

和馬の口の中へ、小便をたれながら、兄貴は思う。

剃りあげられた和馬の股間に、また雄の息吹が首をもちあげている。

和馬よ。これが俺の愛し方だ。

和馬の男根は、今や、宙に反身の反り橋となって、雄々しく、荒々しく息づいていた。

兄貴の手が、その肉棒をガシッと潰れんばかりに握ってくることを期待するかのように……。

「可愛い奴！」
兄貴の声が再び聞こえた。

〈完〉

初出　「さぶ」一九九〇年九月号

江島厚　えじま・あつし
一九七〇年代後半から一九九〇年代前半にかけて、多数のゲイ小説を雑誌「さぶ」で発表。本名、年齢などの経歴は非公開。

Special Thanks to：さぶコミュニティ、Akira、城平海

新装版
体育教師

二〇一五年四月二一日　第一刷発行

著者　江島厚
発行者　岩澤龍
表紙絵　戦艦コモモ
発行所　株式会社古川書房
〒一六四-〇〇一二東京都中野区本町四-一九-一三
電話　〇三-三三八九-八三八九
FAX　〇三-三三八九-八三九〇
URL http://www.furukawa-books.com/
振替　00180-4-120189
印刷所　株式会社シナノ

ISBN978-4-89236-494-5
落丁・乱丁本はお取りかえいたします。
定価はカバーに表示してあります。